CONTES pour les GOURMANDS

Mise en page : Céline Julien

22, rue Huyghens, 75014 Paris.
www.albin-Michel.fr
Loi 49 956 du 16 juillet 1949 sur les publications
destinées à la jeunesse
Dépot légal : 1er semestre 2001
n° d'édition : 11917 - ISBN : 2 226 11294 4
Impression et reliure Pollina s.a., 85400 Luçon - n° L81733

Sylvie Chausse

CONTES pour les GOURMANDS

Irina Karlukovska

Albin Michel Jeunesse

Le mariage d'ANNA

En Irlande, on connaît bien les lutins. Ils sont les descendants de ces anciens dieux que les prêtres ont chassés ! Aujourd'hui ils sont petits, parfois de la taille d'un écureuil, parfois de celle d'un enfant de trois ans, jamais plus !

On parle souvent du mystérieux Homme Gris qui s'abat sur la lande comme un brouillard et fait pourrir les récoltes sur pied ; il y a aussi la Sheerie qui se plaît à égarer les voyageurs, les Changelins qui viennent enlever les bébés de leur berceau pour s'y s'installer, les Phookas qui sont les plus redoutés de tous ! D'autres sont bienveillants comme le Grogoch et surtout le Cluricaune, gardien du bonheur dans les maisons où il s'installe.

Le grand rêve de chaque Irlandais, c'est d'avoir un Cluricaune chez lui. En effet, ce lutin est doux et serviable, bien que ses espiègleries soient parfois un peu fatigantes !

Comme il dort peu la nuit, il trait les brebis avant l'aube et cache les bidons de lait chaud derrière le lit du grand-père !

Il débroussaille le jardin pendant que le fermier fait la sieste, mais amène l'épouvantail sous le chêne où l'autre se repose. D'un autre côté, personne ne brode mieux que lui, ne tricote de plus fines mitaines de dentelle. Il aime aussi ramasser les pousses de houblon pour faire la bière, tenir la cave propre. Mais attention de bien fermer les tonneaux et de mettre un muselet solide sur les bouteilles de bière !

Malgré ses facéties, on le dorlote dans tous les foyers, car s'il partait, quelles terribles malédictions s'abattraient sur la maison ! Aux repas, on lui met dans une assiette de dînette un peu de chaque plat de la table familiale, on emplit sa tasse de thé de Ceylan (avec trois gouttes de lait) et son dé à coudre d'excellent whisky.

Dame, ce sont ses semblables qui ont transmis sa recette aux hommes ! Des provisions, il ne restera miette, des boissons, il ne restera goutte...

Dans notre maison, un Cluricaune avait élu domicile. Chacun le savait, même sans l'avoir jamais vu...

Lorsque nous étions enfants, Anna, Angela, Patrick et moi, Willy, nous l'imaginions roux, avec une longue barbe et un petit visage buriné. Depuis combien de temps était-il là ? Grand-père disait qu'il venait, lorsque lui-même était enfant, lui parler dans son lit et lui racontait la longue histoire du petit peuple. À ces mots, maman haussait les épaules, disait que tout cela, c'était de vieilles histoires, puis, tout en travaillant, elle rouspétait :

« Quel est le petit malin qui a caché la cuillère en bois ? », « Qui a fait courir la brebis à tête noire ? », « Qui a donné mon coquetier au lapin qui l'a tout grignoté ? »

Alors grand-père nous faisait un clin d'œil en continuant à fumer sa pipe, et riait dans sa barbe !

Nous rêvions de le voir enfin, ce lutin facétieux, nous, les enfants, pour qu'il nous apprenne ses meilleures farces ! Plusieurs fois, nous instaurâmes des tours de garde, dans les endroits où l'on avait repéré son passage. Peine perdue ! Non seulement il ne se montrait pas, mais nous découvrions de surcroît que pendant que nous l'attendions à la cuisine, il avait vidé tous les tiroirs de nos chambres !

Bien des années passèrent. Anna, notre sœur aînée, allait célébrer ses noces. Beau mariage en perspective, et belle alliance, d'autant que les deux fiancés s'aimaient à la folie ! Nos parents et les parents O'Hara voulurent offrir à ceux de leurs clans un festin dont ils se souviendraient.

Chacun y mit du sien : depuis le printemps,

papa surveillait ses récoltes avec la plus grande attention et vérifiait que le bétail engraisse bien. Tous les soirs, il descendait à la cave pour voir si le whisky vieillissait en se bonifiant dans les grandes barriques, et il remontait, tout joyeux, preuve que les choses allaient au mieux...

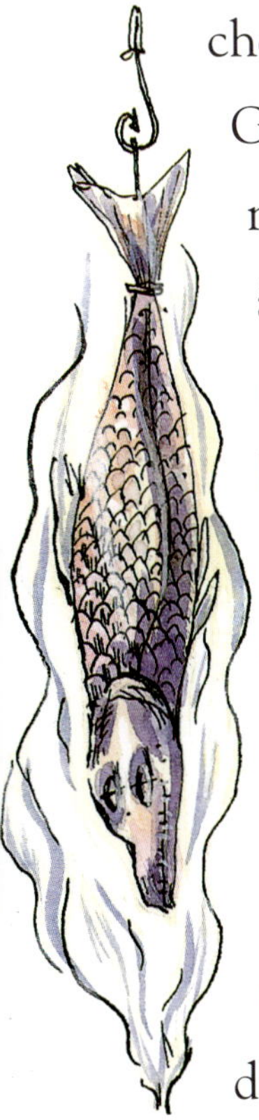

Grand-père allait à la pêche pour ramener les plus beaux saumons qu'il mettait à fumer dans notre cheminée ! Maman mettait en bocaux nos meilleurs légumes et nos fruits les plus savoureux.

Le dernier mois, tous furent mis à contribution : les enfants étaient envoyés aux quatre coins du comté pour lancer les invitations. Maman passait ses journées à épousseter, frotter, ranger. Ce fut l'époque où notre Cluricaune se fit discret...

Il respectait l'ordre qui avait été mis dans la maison, et, ce qui était plus inquiétant, ne mangeait pas ses minuscules repas.

Le lutin faisait-il la grève de la faim, ou avait-il

simplement quitté la demeure ? Il avait alors bien mal choisi son moment !

Un jour qu'elles étaient venues donner le coup de main, des voisines racontèrent que chez elles également, les lutins délaissaient leur dîner. On pleura sur les traditions qui se perdaient !

Néanmoins, on était si occupé, et les futurs époux semblaient si heureux, que l'on oublia bientôt ce malheureux présage.

La veille du grand jour, nous étions épuisés, mais quel résultat : les pâtés de porc et de rognons d'agneau étaient cuits, on les avait disposés sur la grande table de la salle à manger, recouverts de torchons de lin blanc ; les rôtis et les gigots, les poules et les oies étaient prêts à rôtir dans la grande cheminée, les sauces et les petits légumes qui les accompagnaient étaient cuisinés, et ne demandaient qu'à être réchauffés !

Les fromages de brebis, par plateaux entiers, étaient posés sur la desserte.

Les gâteaux refroidissaient sur le rebord des fenêtres, et voisinaient avec des entremets en gelée, des compotiers remplis de fruits, des coupes de dragées, des fruits confits, des chocolats...

Il avait fallu tant de temps, tant d'efforts pour préparer tout cela que toute la maisonnée fut au lit de bien bonne heure, même la future épousée qui, perdue dans son nuage de bonheur, ne sentait pas la fatigue !

Pourtant, dès que nous fûmes tous endormis, une drôle de visite commença. Par la chatière, notre Cluricaune entra tout doucement, suivi de plusieurs comparses : si notre lutin avait déserté, ce n'était que le temps d'aller inviter ses amis du voisinage ! Dame, parcourir la lande avec de si petits pieds, de si maigres mollets, c'est une épreuve !

Il était allé chez la plupart des voisins pour convier tous leurs lutins à la noce. Étant les plus anciens occupants des demeures (et les seuls d'origine divine), ils n'imaginaient pas que la fête se déroulât sans eux ! Ils arriveraient la veille au soir, afin de vérifier si les humains, ces grands dadais maladroits, avaient réussi à s'en sortir sans eux. Ils vinrent d'abord se sécher devant le feu qui s'endormait dans la grande cheminée de la

cuisine, puis l'un se rendit compte que la longue promenade lui avait aiguisé l'appétit et eut une envie subite de voir les mets. Notre lutin, dont nous avions toujours ignoré le nom et que ses compagnons appelaient Lear, guidait la petite cohorte qui parvint à la salle à manger.

« Mais, rouspéta l'un de ces messieurs, il n'y a rien ici qui se mange !

– C'est que ton nez est encore paralysé par le froid de la lande, répondit Kerry. Moi, je sens l'odeur merveilleuse de la viande cuite des pâtés, et leur croûte dorée ! Avez-vous remarqué, frères lutins, combien est plus agréable l'odeur de la croûte dorée à point ?

Ne flaires-tu pas les épices des sauces, l'ail des gigots ?

– Ou les pommes cuites avec de la cannelle ?

– Ou l'angélique confite, l'écorce d'oranges dont l'odeur traverse l'épaisseur du chocolat ?

– À la réflexion, reprit celui qui avait parlé en premier, je trouve surtout que cela sent le whisky… »

Quel dommage cela causerait-il si treize lutins goûtaient treize dés à coudre de whisky ? Ils ne s'en rendraient pas compte. Tel fut l'avis de Lear, qui se demandait cependant comment procéder pour se servir dans ces immenses bouteilles deux fois plus hautes qu'eux ! Il avisa donc son conseil :

« Amis, aidez-moi à trouver comment nous servir, et nous goûterons l'alcool de mon humain. »

Un long silence s'ensuivit, entrecoupé seulement d'éternuements.

« Il faudrait peut-être s'encorder pour escalader le flacon et lui extirper son bouchon.

– Oui, mais arrivés au sommet de l'édifice, comment puiserons-nous à ce gouffre ?

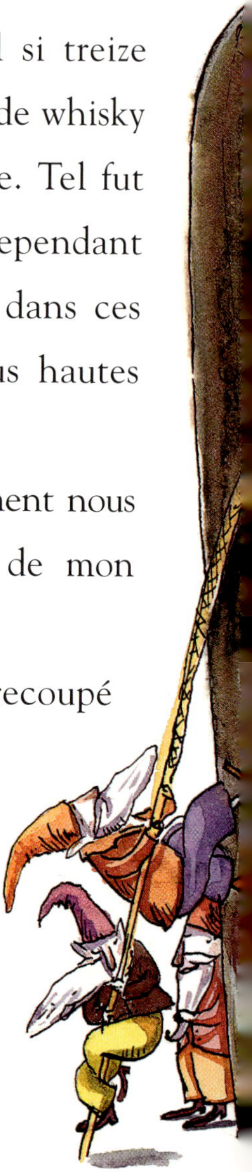

– Et si on se débrouillait pour renverser le whisky ? »

Lear s'opposa tout net à ce sacrilège qui risquait de salir la belle nappe de guipure qu'il s'était épuisé à faire deux longs hivers durant !

Trilby préconisa alors de monter sur un meuble voisin, d'attraper le goulot avec un lasso improvisé, de s'en aider pour extirper le bouchon, après quoi il faudrait simplement faire descendre dans le liquide une de leurs chaussures, qui devrait contenir de quoi étancher la soif de plusieurs lutins !

La proposition fut acceptée à l'unanimité car on savait notre whisky capable de tuer toutes les odeurs...

Aussitôt dit, aussitôt fait ! Trilby commanda toute l'opération. Au troisième essai, Puck était presque parvenu à enlacer le goulot, il fit encore un petit effort, se pencha en avant puis s'affala… pile dans une terrine ! Comme il eut peur, il tenta de se retenir à la bouteille convoitée, et l'entraîna dans sa chute !

Quand elle roula au sol, le bouchon s'extirpa du goulot !

Maintenant, en flots dorés, le whisky s'échappait de la bouteille ! Une vague recouvrit presque Laugh qui tendit ses mains en coupe et rit de joie… Cette vague échoua sur une assiette de fromages secs, aussitôt transformés en éponges !

Ce fut à ce moment-là que la bouteille buta sur le rebord de la table, éjectant Puck

qui se retrouva enfoncé dans la tourte aux pommes de terre, aussitôt imbibée elle aussi. La bouteille, continuant sa trajectoire, jeta son liquide autour de la table avant de s'écraser au sol.

Par chance, sa chute fut amortie par un compotier recouvert d'un linge, et que, faute de place, on avait posé par terre, en attendant le moment de l'utiliser.

Les voilà, les douze invités, autour du plat, tandis que Lear leur faisait de terribles réprimandes, à cause de la guipure et aussi du mariage :

ne serait-il pas déshonoré si tout ne se déroulait pas bien !

« Ne vaudrait-il pas mieux, demanda Thoin, faire disparaître les traces de notre involontaire forfait ? »

Quelle meilleure solution pouvait-on trouver ? Hyde et Kerry se dépêchèrent de ramasser les bouts de verre, et ne sachant qu'en faire, en décorèrent très artistiquement le croquembouche, une pyramide de petits choux fourrés et caramélisés, entourant d'une couronne de diamants les mariés de sucre filé ! Trois des autres se mirent à tirer la serviette de lin blanc qui recouvrait le compotier et qui avait été arrosée... Ils découvrirent une salade de fruits délicieusement parfumée au whisky !

Sans que Lear leur donnât son autorisation, en voici cinq accrochés au rebord de faïence, quand Laugh voulant prendre part à la beuverie s'élança, malgré son ventre, réussit à s'accrocher à la poignée, renversant toute la salade de fruits sur le tapis !

Catastrophe ! Lear recommença à ronchonner, mais les autres ne semblaient pas l'entendre : ils se mirent sur le ventre et lapèrent tout ce qu'ils purent de la délicieuse liqueur. Plusieurs d'entre eux mangeaient d'ailleurs au passage des morceaux de fruits. Il ne fallut que quelques minutes pour que ces messieurs soient totalement gris.

À partir de ce moment, ce fut la fin du monde ! Lear et ses amis ne purent plus se retenir : en un clin d'œil, les linges qui protégeaient les mets furent jetés à terre. Maintenant, c'était à qui monterait sur le plus gros pâté ! À qui creuserait le plus profond terrier dans les terrines, à qui se ferait le plus horrible masque avec les sauces qui attendaient là !

À qui ingurgiterait le plus de chocolat, à qui traverserait dans le meilleur temps la vinaigrette, en brasse coulée !

Et tout le bel agencement de la salle à manger se transforma rapidement en un capharnaüm sans nom !

Au matin, toute la maisonnée se leva, et maman, en bonne ménagère, alla jeter un coup d'œil sur ce qu'elle avait préparé la veille. Elle poussa la porte de la salle à manger, en même temps qu'un cri, puis nous entendîmes le bruit de la chute d'un corps !

Vite, toute la famille se précipita. Maman était étendue sur le sol, un sol dégoûtant, recou-

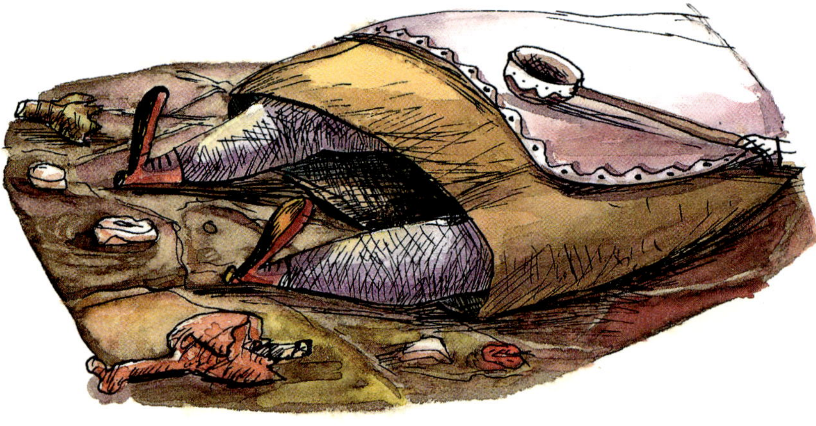

vert de fruits au sirop, de fromages tout juste entamés, mais détrempés pour avoir nagé dans le whisky, de morceaux de rôtis. Tous les linges avaient été tirés au sol, où ils demeuraient, chiffonnés, maculés, et plus grave encore, la nappe de guipure était déchirée en maints endroits ! Papa se pressa d'ouvrir les fenêtres à cause de l'odeur d'alcool, et lorsque le jour entra dans la pièce, nous pûmes apprécier l'étendue du désastre ! Notre mère, revenue à elle, sanglotait, incapable de dire un mot !

La pauvre Anna, quel choc cela allait lui faire ! N'allait-elle avoir une crise de nerfs, devant ce spectacle qui compromettait le plus beau jour entre les plus beaux jours de sa vie ? Nous en étions là de nos réflexions quand elle éclata de rire, d'un rire sonore, sans arrière-pensée, si incroyable en de telles circonstances que nous nous demandâmes si elle n'était pas devenue folle !

Elle avait simplement découvert les treize Cluricaunes affalés dans son repas de noces, ronflant comme les ivrognes qu'ils étaient !

Ah, ils avaient l'air malin, qui enfoncé dans le chocolat, qui reposant au milieu de la tarte aux pommes, avec un morceau de fromage en guise d'oreiller ! Certains étaient lovés dans les linges qui avaient naguère protégé le festin, d'autres intimement mêlés aux ingrédients, dans des positions difficiles à décrire ! Yeats, qui avait reçu le contenu du sucrier sur son bel habit, se tenait seul debout, raide et givré, comme un lutin sur la bûche de Noël !

Maintenant c'était nous tous qui riions, et riions de plus belle devant leur air penaud !

Lear s'excusa en son propre nom et en celui de ses camarades, et promit que nous pouvions aller à la cérémonie en toute quiétude : tout serait arrangé quand nous en reviendrions ! D'ailleurs qu'aurions-nous pu faire d'autre à moins d'annuler le mariage ? La cérémonie fut extrêmement gaie, la mariée et sa famille plongeant de temps en temps dans des fous rires incompréhensibles pour les autres ! On revint ensuite à la maison en traversant la lande que battait un vent d'automne chargé d'humidité. Papa avait l'air soucieux tandis qu'il cherchait la clef. Il espérait que le grincement de la serrure et des gonds de la lourde porte réveillerait les minuscules ivrognes et leur laisserait le temps de décamper !

Anna, quant à elle, espérait pouvoir montrer à sa belle-famille et à tous les invités le spectacle qui nous avait tant fait rire. Il faut dire que le bonheur lui avait coupé l'appétit. Lorsque le cortège pénétra dans la grande pièce, tous poussèrent un « oh ! » de surprise : effectivement, un feu flambait dans la cheminée, éclairant toute la pièce, dont le plancher étincelait, aussi lisse et glissant qu'une patinoire !

Sur la grande table, recouverte d'une nappe, non pas en guipure mais en damassé, reposaient les mets les plus alléchants, et surtout, tout était intact !

Un instant, maman crut qu'on s'était tous trompés de maison. Cela n'était pourtant pas très vraisemblable, car nos plus proches voisins étaient à une distance de deux miles. Ce qui lui faisait cette impression, c'était la somptuosité des mets : ils semblaient avoir été préparés par un cuisinier de grande maison, peut-être celui d'un roi !

La croûte des pâtés était recouverte de dessins aussi difficiles à exécuter que des moulures de plafonds, les gâteaux avaient des décorations multicolores, comme des vitraux d'églises, le croquembouche, plus haut, plus élancé que celui que nous avions réalisé la veille, rivalisait d'altitude avec des pièces montées. Dans des compotiers, on découvrait des fruits inconnus et d'étranges noix. Quant au bon vieux whisky de la maison,

il voisinait maintenant avec des portos d'Espagne, des vins de France, des alcools de Russie !

Les invités regardaient, admiratifs, mais n'osaient toucher à rien. Ils commencèrent à féliciter nos parents qui ne savaient pas quoi dire... C'est alors qu'arrivèrent, en une ronde gracieuse, tous les anciens coupables, maintenant transformés en sauveurs, qui se présentèrent l'un après l'autre. Et tous les invités se réjouissaient de connaître enfin le lutin espiègle qui partageait leur propre maison !

Ils se demandaient bien pourquoi ces hommes minuscules s'étaient réunis pour préparer le festin des noces d'Anna, mais cela, aucun de nous ne le dirait jamais...

UN festin de DRAGON

13

Il était une fois une fée qui aimait tellement les sucreries, que tout le monde avait oublié son nom et ne l'appelait plus que « la fée sucrée ».

Chaque matin, elle sortait de chez elle avec un petit sac gonflé de bonbons qu'elle gardait accroché à sa ceinture, et le soir le réticule était tout plat. Mais, comme c'était une fée, elle ne risquait ni l'embonpoint ni les caries et demeurait éternellement jeune, mince, ravissante !

Un jour, elle décida que même sa maison devrait être de sucre. Ayant lu l'histoire de la maison de pain d'épices, elle voulut un palais pour la gourmandise ! Bientôt on vit, en haut d'une colline d'un vert d'angélique, un palais d'une hauteur et d'une beauté sans égales : les murs étaient de pain d'épices, les toits pointus des tourelles en nougatine, les vitres de sucre filé, les volets de pâte d'amandes, les poignées de porte de sucres d'orge, et les vitraux de berlingots. Le carrelage alternait chocolat blanc et chocolat noir, tandis que, pour adoucir l'aspect sévère des meubles en bois de réglisse, les murs étaient décorés de dragées multicolores. Quant à la sonnette, c'était une cerise confite...

Le seul défaut d'une telle maison, hors sa tendance à fondre par grosses chaleurs, et à se diluer pendant les orages, c'était justement son côté tentateur !

La fée sucrée qui, dès qu'elle s'absentait, retrouvait son palais de gourmandises tout grignoté, et par la base encore, ses fenêtres brisées par des gourmands qui en emportaient des morceaux, ses poignées de portes collantes de salive enfantine, son carrelage dévoré, en eut vite assez de passer tout son temps en réparations. Sa baguette lui facilitait bien la tâche, mais c'était tout de même agaçant !

Non loin de là, dans un étang, vivait tranquillement un vieux dragon assez débonnaire et totalement herbivore, mais qui suffirait à mettre les mangeurs de palais en déroute. Elle lui demanda de devenir son gardien, ce que l'animal, subjugué par le charme de la fée, accepta dans l'instant !

Tous les jours, il viendrait prendre l'air près du magnifique palais de gourmandise, et personne ne serait suffisamment téméraire pour faire fi de sa présence ! Il n'y aurait plus de problème !

Mais, la réalité fut quelque peu différente : l'animal, qui était d'une sentimentalité excessive, tomba tout de suite amoureux de la fée et, chaque soir, au moment de quitter son poste, il soupirait longuement ! Or, un soupir de dragon en bonne santé, et notre ami l'était, cela s'accompagne de gerbes de flammes, tout à fait contre-indiquées dans le cas de ce palais fondant !

La fée s'en émut et pendant plusieurs jours, elle arpenta la campagne et survola les lacs, car elle désirait réfléchir ! Que choisir : le grignotement incessant de sa demeure, ou la fonte consécutive à la flamme du gardien ? Si elle le renvoyait, qui pourrait lui rendre service avec autant de zèle, et à quel prix ?

Un jour, comme elle se promenait au-dessus de jardins, elle pensa avoir trouvé la solution : en dessous d'elle se trouvait un carré d'ail en pleine floraison. Ses magnifiques boules de fleurs blanches étaient des plus agréables à regarder, mais aussitôt qu'elle s'en approchait, elle qui n'aimait que les odeurs de pâtisseries et de confiseries, en avait le cœur soulevé ! Cela ne l'empêchait pas de convoiter toutes ces belles têtes d'ail car, comme chacun le sait, la consommation (en quantité importante) d'ail empêche les dragons de faire du feu !

À partir de ce jour, et pendant tout un mois, la fée fut bien occupée : déguisée en paysanne, elle passa de ferme en ferme, un énorme panier à sa hanche, et acheta tout l'ail qu'elle trouva !

Lorsque enfin elle eut à sa disposition, dans sa cave, une telle quantité de colliers d'ail blanc et d'ail violet que cela en recouvrait tous les murs, elle chercha une recette adéquate. Il était temps : la tour d'angle du palais de gourmandise s'affaissait, car la nougatine, en fondant sous les soupirs dragonnesques, entraînait les murailles de pain d'épices, le carrelage n'était plus qu'un marécage d'un brun sale, dans lequel se mélangeaient chocolat noir et chocolat blanc, et plusieurs meubles en bois de réglisse avaient flambé !

La fée se prépara un masque de pâte d'amandes clouté de graines d'anis étoilé qui évitait aux autres odeurs de pénétrer ses narines, puis consulta son livre de recettes féeriques : résistant avec un mérite exemplaire à demeurer au chapitre des gâteaux, elle trouva une recette de crème d'ail qu'il lui fallait simplement adapter aux dimensions du dragon. Cela lui demanda bien du temps pour tout éplucher, et tout réduire en purée. Ses yeux laissaient couler de grosses larmes qui salaient son masque et elle souffrait de voir ses mains salies

par la bouillie malodorante. En outre, elle ne pouvait utiliser là aucun de ses pouvoirs magiques car, le livre le précisait bien, cela enlèverait toute efficacité à la recette ! Enfin, elle put remplir plusieurs chaudrons d'ail écrasé qu'elle sala, épiça, et délaya dans de la crème...

Alors, la fée sucrée descendit vers l'énorme animal qui, assoupi, rêvait d'elle.

« Ami dragon, lui dit-elle, les services que tu me rends me sont infiniment précieux : depuis que tu surveilles mon château, on n'y voit plus de grignoteurs. Pour te montrer que tu n'as pas affaire à une ingrate, je t'invite à un déjeuner sur l'herbe. Tu pourras te régaler avec les petits plats que j'ai préparés pour toi. »

Le dragon acquiesça avec un souffle dans lequel se fondit toute une colonnade de sucre d'orge !

Vite, notre fée apporta une immense nappe de dentelle, disposa dessus les plats destinés à la bestiole, et l'assiette qui contenait les choux à la crème qu'elle se réservait. Le dragon, plutôt habitué à voir les gens le fuir, fut ému de tant d'attention et, du bout de ses lèvres monstrueuses, il goûta la substance crémeuse, réprima une grimace. Mais, pour ne pas passer pour un mal poli aux yeux de celle qu'il aimait, il ingurgita l'ensemble, dans un laps de temps qui pouvait laisser croire qu'il se régalait.

Pour remercier sa bonne fée, il voulut cracher pour elle un feu d'artifice. Que se passait-il tout à coup ? Pas la moindre étincelle : son gosier, sec comme de la ouate, refusait de fonctionner. Le plus incroyable, c'était que la fée ne semblait nullement peinée. Bien au contraire, elle trouvait l'aventure cocasse et riait tout son saoul ! Vexé, notre ami partit rejoindre son lac et pleura des larmes de dépit.

La nuit venue, il ne réussit pas à trouver le sommeil et décida d'aller contempler la fée sucrée endormie (il y avait quelque temps déjà qu'il avait transformé en caramel les vitraux de sa chambre). Il posa sa tête écailleuse sur le rebord de sa fenêtre, située d'ailleurs dans la tour d'angle, déjà restaurée. Comme cette chipie de fée était belle, les yeux fermés ! Elle semblait un ange, le clair de lune donnant à sa peau diaphane un éclat surnaturel. La question qu'il se posait était la suivante : devait-il se détourner de la fée qui l'avait si mal remercié et perdre le bonheur de la regarder, ou revenir malgré tout, faisant taire sa dignité ? Ne sachant que

décider, il poussa un long, un très long soupir ! Cette fois, rien ne fondit, mais des effluves d'ail, d'une force inouïe, se répandirent dans le palais, imbibant le pain d'épices, recouvrant l'odeur du bois de réglisse, rendant l'atmosphère irrespirable ! La fée, réveillée par la nausée, se souleva sur ses oreillers de dentelle et aperçut le coupable !

Que son palais de gourmandise, l'œuvre de sa vie fût définitivement gâché par cet imbécile de dragon, elle ne pouvait le supporter ! Elle bondit de son lit et, voulant châtier la bestiole, lui brisa sa baguette sur le nez. Avec surprise, elle constata qu'elle l'avait, sans le vouloir, transformé en un lion magnifique, mais pas du tout débonnaire, et qui, de plus, sentait l'ail à plein nez !

Elle n'eut que le temps de glisser un pan de mur (qui s'avérerait d'ailleurs immangeable) dans son réticule et partit droit devant elle. Elle n'avait plus de demeure, plus de moyens, plus un bonbon à se mettre sous la dent, et, pire encore, plus de baguette, ce qui annulait à jamais ses pouvoirs magiques ! Quand elle arriva, lasse et échevelée à la ville la plus proche, personne ne crut voir une fée ! Dans une auberge, on lui proposa comme travail de nettoyer la salle. Elle accepta, et les durs travaux ridèrent ses mains, voûtèrent son dos. Bientôt, elle ressembla davantage à une sorcière aigrie qu'à la fée sucrée !

Quant à notre ami, après avoir été lion quelque temps, il reprit sa forme première et ne garda de son aventure qu'un toupet de poils roux au bout de la queue !

Depuis, il ne quitte plus son lac où il s'amuse à faire des bulles à l'odeur si désagréable qu'aucun baigneur ne vient s'y baigner. Et surtout, surtout, il n'écoute plus jamais l'appel des fées.

Fleur d'oranger et le PRINCE

Le roi Emilion et la reine Madeleine étaient des souverains heureux et débonnaires. Leur royaume était prospère et leur château semblait fait de crème chantilly avec des toits en meringue sur une forêt de tours. Dans le pays entier on se battait pour être serviteur à la cour. Dame, non seulement leurs majestés étaient des plus indulgentes, mais la nourriture y était délicieuse, raffinée, et d'une abondance...

Leur seul souci était que leur fils unique, Raphaël, ne se décidait pas à se marier.

Bien sûr, ils auraient pu user de leur autorité, lui choisir une riche et agréable princesse, mais ils savaient bien que pour donner du bonheur à ses sujets, il faut être un roi heureux, et un roi, comme chacun de nous, ne peut l'être qu'avec la personne qu'il a choisie !

Mais le temps passait et le roi devait penser à sa succession ! Or, chaque fois qu'il voulait aborder la question avec son fils, celui-ci lui échappait...

Un jour où la discussion avait été chaude, le prince sauta sur son cheval et le lança au triple galop.

Il alla si loin qu'il se retrouva dans une sombre forêt, aux confins du royaume. Un instant, il craignit de s'être perdu, et eut peur de devoir passer la nuit en compagnie des bêtes sauvages. C'était un jeune homme courageux, mais tout de même... Il vit alors une minuscule lumière qui éclairait une chaumière misérable, au milieu d'une clairière. Il s'approcha, espérant qu'on pourrait lui dire où il se trouvait et comment il pourrait rejoindre son palais. À peine eut-il frappé à la minuscule fenêtre qu'il fut ébloui !

Il voyait devant lui la plus belle et la plus séduisante des jeunes filles. Il devinait, sous la robe de toile grossière, un corps parfait, une peau veloutée comme de la pâte d'amandes, et de longs cheveux couleur de blés mûrs lui coulaient dans le dos. Son visage avait l'ovale de celui d'une statue, ses lèvres framboise étaient charnues, son nez mignon et surtout, elle avait des yeux d'un violet de confiture d'airelles. Du coup, le prince ne trouva plus le courage de frapper...

Heureusement, tandis qu'il hésitait, la jeune fille releva la tête de son ouvrage : elle était en train de préparer un gâteau, tout en fredonnant une très ancienne chanson d'amour. Elle vit le prince et poussa un cri !

Elle ouvrit sa petite fenêtre et parla au jeune homme qui restait figé :

« C'est vous, mon prince, je vous ai attendu bien longtemps !

– Dites-moi votre nom, belle damoiselle.

– Mon nom, je ne puis vous le dire, mais sachez qu'au village voisin on m'appelle "Fleur d'Oranger", sans doute à cause des gâteaux que je cuisine… »

Comme s'il avait perdu l'esprit, le prince ne chercha pas à en savoir plus et remonta sur son coursier. Il aurait erré toute la nuit et même davantage, si le cheval, trouvant qu'il était temps d'avoir son picotin (un mélange unique de foin, de serpolet et de fleurs des champs) ainsi qu'un peu de repos, ne l'avait ramené au palais. Il monta à sa chambre et se mit au lit où il resta des jours à songer, ne dormant ni ne mangeant, mais poussant des soupirs à fendre l'âme…

Passe encore pour les soupirs et les insomnies, mais rester sans manger, ce n'était pas le genre du palais. La reine demanda à ses cuisinières que l'on préparât pour le prince des mets qui sortaient un peu de l'ordinaire et qui réveilleraient son appétit. Mais le prince repoussa sans y goûter le gigot à la rhubarbe, le sorbet aux oignons...

Elle ordonna que l'on fît venir de contrées lointaines des fruits inconnus et des épices dont l'odeur parfumait tout le palais : ni les accras de morue ni le curry d'agneau ne plurent au prince...

Alors, la reine passa un tablier sur sa robe de cour et se mit aux fourneaux. Elle crut presque avoir gagné lorsque le prince huma son gâteau de riz et sa brioche aux pralines dont il raffolait depuis toujours : il ne toucha à rien...

Le pauvre roi et la pauvre reine se désespéraient et passaient leurs journées à pleurer. Pire, ils perdaient l'appétit !

« Mon fils, lui dit le roi, dites-moi ce que vous désirez manger et je vous le ferai cuisiner, quel qu'en soit le prix.

– Hélas, mon père, la seule chose que je pourrais avaler serait un gâteau préparé par une jeune beauté qui vit aux confins du royaume. Je ne sais pas quel est son nom, mais on la surnomme "Fleur d'Oranger" ! »

Le roi envoya des émissaires et ceux-ci eurent beaucoup de mal à trouver la chaumière dans laquelle vivait la jeune fille, qui leur parut beaucoup moins belle que ce que prétendait le prince. Pour tout dire, elle faisait plutôt souillon, et son visage était celui d'une sorcière. Mais elle disait s'appeler « Fleur d'Oranger ». Elle se mit aux fourneaux et commença à pétrir la pâte. Il fallait reconnaître une chose : autant cette fille était laide, autant le gâteau qu'elle préparait avait belle allure ! Et comme il sentait bon la fleur d'oranger !

Le prince se réjouissait en pensant au gâteau préparé avec amour par sa bien-aimée. L'histoire était cousue de fil blanc : Fleur d'Oranger ne pouvait qu'être une princesse obligée par des circonstances tragiques à fuir son royaume. Elle glisserait une bague dans le gâteau, et il suffirait ensuite de convoquer toutes les demoiselles du royaume, de leur faire passer la bague pour trouver celle qu'il cherchait. En dernier arriverait une fille dissimulée sous un capuchon de drap grossier, elle passerait la bague qui s'ajusterait - enfin - parfaitement à son doigt fin et manucuré. Alors, elle enlèverait ses méchants habits sous lesquels elle porterait une merveilleuse robe de bal et éblouirait tous les habitants du palais...

Enfin, il l'enlacerait et ils passeraient une merveilleuse nuit à danser sous les lustres de cristal...

Les événements lui donnèrent d'abord raison. Lorsque le gâteau arriva, recouvert d'un torchon de lin blanc et porté par des émissaires que seule la peur d'être pendus avait aidés à résister à la tentation de tout dévorer, on était en pleine nuit.

On n'eut pas besoin de réveiller Raphaël, car la merveilleuse odeur des amandes grillées et de la pâte amoureusement travaillée avec le miel le plus parfumé l'avait tiré du sommeil. Le roi et la reine, en chemises de nuit, apparurent pour le joyeux spectacle. Le prince, sans même mettre sa serviette ou prendre la fourchette en vermeil qu'on lui tendait, se jeta sur le gâteau !

Dieu qu'il était bon ! Sucré mais pas trop, moelleux sans être mou, parfumé sans être écœurant ! Un chef-d'œuvre de gâteau !

Le prince, éprouvé par un jeûne de plusieurs jours où rentrait bien un peu de comédie, sans prendre le temps de savourer, avalait goulûment des bouchées énormes...

En d'autres temps, le roi aurait fait remarquer à son rejeton que ce n'était pas la meilleure façon de se tenir à la cour, et la reine se fût inquiétée pour sa digestion, mais ils avaient eu si peur que maintenant, ils étaient tout à leur joie de voir Raphaël dévorer à belles dents.

Soudain, le prince s'étouffa, se mit à tousser violemment, devint presque violet : c'était la bague (une fort jolie bague ornée d'une émeraude superbe, soit dit en passant) qu'il venait d'avaler. Au bout d'un moment qui parut long à ses parents, la bague se fraya un passage à travers le royal œsophage, et trouva à se caser dans un repli du royal estomac dont elle ne bougea plus.

Raphaël avait compris au premier instant ce qui venait de lui arriver. Comment faire désormais pour retrouver celle qu'il aimait à la folie ? La pauvre Fleur d'Oranger ne saurait jamais qu'il avait reçu sa bague et qu'il la recherchait !

Il fut, comme on l'a dit, impossible de déloger le bijou ! À moins d'une opération délicate et de toute façon hasardeuse, il fallait y renoncer. Le roi et la reine s'opposèrent à cette recherche « à ventre ouvert », et quant au prince, extrêmement douillet de nature, il n'insista pas. Peut-être que le bal auquel seraient conviées toutes les jeunes filles du royaume suffirait à retrouver la demoiselle de ses rêves !

De son côté, celle qui se faisait appeler Fleur d'Oranger s'impatientait. Qu'attendait ce grand dadais de prince ? Elle n'aurait pas voulu avoir fait, depuis soixante-dix ans, toutes ces études de sorcellerie, pour échouer si près du but. Foi de Scathatch la sorcière, elle parviendrait à ses fins !

Ce fâcheux retard ne suffirait pas à la faire renoncer ! Depuis qu'elle n'était qu'une toute jeune apprentie sorcière, elle avait décidé de devenir reine ! Pour cela, elle avait étudié les tours les plus délicats : comment prendre l'apparence d'une jouvencelle à la beauté ensorcelante, comment réussir des mets si savoureux

qu'on n'avait plus d'appétit pour quoi que ce soit d'autre, comment ouvrir le coffre-fort où le vieux roi gardait l'or du royaume, comment transformer un vieux roi, une reine et un jeune étourdi de prince en crapauds.

Pour elle, cela n'était que la première moitié du plan. Une fois qu'elle aurait fait main basse sur les richesses et envoyé la famille royale batifoler dans une mare, elle dirigerait tout, écraserait ses sujets d'impôts, ferait venir de Chine les soies les plus chatoyantes, de Sibérie les fourrures les plus somptueuses, d'Arabie les parfums les plus envoûtants !

Au palais, il y aurait une fête chaque soir et les hommes les plus beaux y viendraient, espérant la faire danser, mais aucune femme, jamais, ne serait invitée ! En un mot, ce serait la belle vie !

L'invitation au bal de sa majesté fut placardée dans tout le royaume. Dans les châteaux, les maisons, les chaumières, les jeunes filles revêtues de leurs robes du dimanche se regardaient dans leurs miroirs et faisaient toutes le même vœu !

Le grand soir arriva enfin, et Scathatch voulut se faire belle. Elle utilisa donc le sortilège qui la transformait en jeune princesse, se fit un carrosse avec un balai neuf (ce n'était pas la saison des citrouilles !), puis elle partit pour le palais royal. Arrivée sur place, elle se trouva prise dans une foule de jeunes filles, qui, bien qu'il y eût quelques laiderons, comportait une proportion inquiétante de véritables beautés.

Et pas question de passer devant tout le monde, ce grand chambellan, raide comme un piquet, ne transigeait pas avec le protocole : d'abord les princesses, puis les duchesses, les marquises, les comtesses, ensuite les bourgeoises, et enfin les filles du peuple…

Scathatch observait le palais. Comme la décoration en était démodée ! C'était sûr, elle ne garderait pas grand-chose et surtout pas ces affreuses chaises de tapisserie ! Du moderne, voilà ce qu'elle voulait !

Les jeunes filles défilaient devant le prince : un huissier annonçait le nom de chacune, Sa Majesté la regardait, puis faisait un petit signe, et on passait à la concurrente suivante.

Soudain, le défilé sembla prendre du retard : le prince venait de serrer la main d'une belle comtesse dont les yeux brillaient comme de la réglisse, dont les cheveux étaient d'un blond chaud de miel, dont la peau donnait envie de la croquer. Il n'eut, dès lors, plus un regard pour les autres. Avec une constance admirable, l'huissier continuait à présenter toutes ces demoiselles et la sorcière ne voyait toujours pas son tour arriver !

Or, chacun le sait, les sortilèges ont une durée limitée, et on imagine bien que celui qui fait d'une sorcière nonagénaire et peu gâtée par la nature une merveilleuse jouvencelle doit être renouvelé souvent, ce que Scathatch n'avait pas prévu.

Lorsque enfin, on entendit appeler « Fleur d'Oranger », ses mains avaient repris leur apparence de griffes noires et négligées, et elle voyait à nouveau la verrue poilue fichée sur son nez proéminent et couperosé. Elle crut mourir de honte lorsque le prince quitta un instant sa chérie des yeux, puis éclata de rire.

Le prince épousa évidemment la belle comtesse Amandine de Saint-Honoré, et oublia celle qu'il avait aperçue un instant...

Revenue dans son antre, Scathacth passa sa colère sur ce qu'elle avait sous la main. Elle utilisa le sort qui fait brûler les forêts et manqua flamber, elle fit déborder la rivière et faillit se noyer, elle appela les loups qui l'eussent bien dévorée, mais elle était vraiment trop dure et même un peu rance...

Il lui fallut donc vivre encore de longues années ; son caractère devenant de plus en plus aigre ; et quand, aux sabbats, elle racontait à ses consœurs qu'elle avait failli devenir reine, elle déclenchait des cascades de rires incrédules...

JACK
et le haricot
MAGIQUE

Jack et sa mère vivaient bien pauvrement, surtout depuis la mort du père. Heureusement, ils avaient une vache dont le lait leur permettait de survivre, tout d'abord en le buvant, et aussi en vendant de délicieux fromages. Mais, un jour, la vache ne donna plus de lait, et la mère, malgré tout le chagrin qu'elle en avait, dut se résoudre à s'en séparer.

« Tu te rendras demain au marché, dit-elle à Jack, et tu tâcheras de tirer un bon prix de notre vache. Si tu arrives à en rapporter six pièces d'or, nous pourrons peut-être, le printemps venu, acheter un veau. »

Le lendemain, comme prévu, Jack partit pour le marché du bourg voisin. En chemin il rencontra un monsieur âgé et fort bien mis qui l'interpella :

« Où vas-tu, mon garçon, avec cette vache ? »

Jack lui raconta tout.

« Six pièces d'or, reprit l'autre ! Ce n'est vraiment pas cher pour une si belle bête !

Si tu faisais affaire avec moi, je te donnerais pour prix ce haricot magique qui te permettrait de monter au plus haut du ciel ! »

Dame, la proposition était bien alléchante ! Jack l'accepta puis rentra chez lui avec le haricot qui sautillait dans la poche de son gilet.

Une qui ne fut pas du même avis, ce fut sa mère ! Quand elle vit ce haricot tout sec et qui ne donnait aucun signe de magie, elle pensa devenir folle ! Elle montra à son inconscient de fils le garde-manger vide, l'armoire vide et le cellier où ne se trouvaient que quelques toiles d'araignées, après quoi, elle s'écroula sur une chaise, en sanglots ! Elle jeta même ce prétendu haricot magique par la fenêtre, avant d'aller se coucher, sans dîner...

Jack ne ferma pas l'œil de la nuit, mais ce n'était pas la faim qui était en cause. Pour la première fois de sa vie, il avait fait pleurer sa mère et il réalisait à quel point il avait été sot !

Au bout de longues heures, il entendit les oiseaux chanter, pourtant la lumière n'entrait pas dans sa chambre. Il se leva et découvrit un arbre énorme qui obstruait entièrement la fenêtre et qui jaillissait vers le ciel. Sans réfléchir, il grimpa le long de l'épaisse écorce verte.

Il monta ainsi pendant des heures, regardant toujours plus haut. Il traversa des nuages cotonneux, d'autres tout noirs, et arriva finalement sur une espèce de sol recouvert de dalles d'une taille insensée. Au loin se trouvait un château qui semblait immense. Quand il y parvint, notre ami fut impressionné par ses dimensions : chacune des marches du perron lui arrivait à la taille, et une église entière aurait pu passer par la porte d'entrée.

Devant cette porte, se trouvait une géante (peut-être une ogresse ainsi que ses dents pointues le laissaient supposer) !

« Madame, lui demanda Jack, auriez-vous quelque chose à donner à un enfant qui n'a rien dans le ventre depuis hier matin

– Pauvre petit, répondit la géante, tu es bien mal tombé, car le propriétaire de ce palais que tu vois devant toi n'est autre qu'un ogre, le plus riche et le plus méchant qu'on ait jamais vu… D'où que tu sois venu, sauve-toi vite ! »

Et comme Jack hésitait, on sentit les dalles du perron trembler et les terribles murailles siffler comme des verrières battues par le vent du nord !

« Allez, cache-toi vite derrière ce buffet, mais prends bien garde qu'il ne t'entende !

Bonsoir, mon époux. »

L'ogre laissa tomber sur le sol de la cuisine un lourd sac qui s'affala avec un bruit métallique, et un mouton dépecé.

« Humm, ça sent la chair fraîche ! » dit-il en regardant de tous côtés. »

Jack tremblait derrière son buffet !

« Allons, mon époux, ce n'est rien d'autre que ce mouton que vous avez apporté et que je m'en vais faire rôtir pour votre dîner. »

Bientôt, du four vinrent des effluves de mouton en train de cuire. Elles étaient tellement agréables que l'ogre oublia l'autre odeur, tandis

que l'estomac de Jack gargouillait bruyamment, et qu'il tremblait de plus belle, redoutant que l'ogre ne l'entende et ne découvre sa présence.

Enfin, l'ogresse sortit du four un plat immense sur lequel se trouvait le mouton doré à point ! Ils se mirent à table, dévorèrent l'animal dont il ne resta bientôt que la carcasse, et burent de grands coups de vin rouge dans des gobelets gros comme des tonneaux. Alors l'ogre demanda :

« Femme, donne-moi mon sac d'or que je compte mes pièces. »

L'ogresse le lui apporta et il se mit à les étaler puis à les empiler. Mais cela semblait une tâche bien ardue pour un cerveau si obtus ! Bientôt, Jack entendit les ronflements de l'ogresse qui était allée se mettre au lit, puis ceux, plus graves, de l'ogre qui s'était assoupi devant son tas de pièces...

C'était le moment de s'en aller. Jack sortit de sa cachette, et fila vers la sortie, ses sabots à la main. Mais soudain, il fit demi-tour, et vint remplir le sac des pièces éparses. C'était si lourd qu'il lui fallait le porter à deux mains ! Il dut remettre ses sabots.

Clip, clip, clop, les sabots de Jack jouèrent des castagnettes sur le dallage !

Drelin, drelin, sonnèrent les pièces d'or dans le sac !

« Oooh ! », hurla la géante.

Braoum, braoum, firent les pas de l'ogre, soudain réveillé, et le château trembla du donjon aux oubliettes...

Par chance, le jeune garçon avait pris suffisamment d'avance, et il arriva à l'énorme tige de haricot, s'y laissa glisser, et l'ogre n'osa pas en faire autant, craignant sûrement de se rompre le cou... Jack entendit les insultes de l'orgre de plus en plus lointaines !

Il entra chez lui et jeta le sac aux pieds de sa mère qui, se voyant sauvée, elle et son fils chéri, ne cessa de bénir le ciel, le vieux qui avait donné le haricot, son fils et parfois l'ogre lui-même...

Ils achetèrent deux vaches, un cheval pour la carriole, et allèrent à la ville pour faire leurs emplettes : ils revinrent avec de la belle vaisselle, des habits neufs tout brodés, et des draps du lin le plus fin, des édredons du duvet le plus léger, après quoi, ils menèrent une vie confortable...

Or, le tas de pièces diminua plus rapidement qu'ils ne l'avaient imaginé. Un an plus tard, il n'en restait qu'une poignée !

« Qu'à cela ne tienne, déclara Jack, je vais remonter par le haricot, ce serait bien le diable si je ne trouvais chez l'ogre quelque chose d'intéressant... »

Il grimpa donc le long de la tige et parvint au château dans les nuages... La géante balayait le pas de sa porte, et reconnut aussitôt notre ami.

« Gredin, chenapan ! lui cria-t-elle. Comment oses-tu revenir ici, alors que tu as volé à mon époux son bien ! Cette fois, s'il t'attrape, je ne pourrai rien faire pour toi ! Et je serai bien obligée de te faire cuire s'il me l'ordonne. »

À peine avait-elle fini que le palais se mit à trembler, sous les pas que Jack reconnut aussitôt ! Il n'en menait pas large !

« Allez, lui dit l'ogresse, qui n'était pas si mauvaise, cache-toi dans le four. »

Là, il faisait noir et il y avait tellement de suie que Jack eut de la peine à se retenir d'éternuer !

Mais quand, par un interstice, il vit l'ogre, un cochon dépecé sur l'épaule, il y réussit.

« Ça sent la chair fraîche ! J'espère, ma femme, que tu n'as pas fait rentrer chez nous le voleur qui a dérobé notre or... »

Et il visita toutes les pièces en répétant toujours :

« Ça sent la chair fraîche ! »

Au moment où il passa tout près du four, Jack se cala tout au fond, redoutant qu'il n'en ouvre la lourde porte.

« Rassurez-vous, mon époux, ce que vous sentez, c'est l'odeur de ce cochon que vous venez d'apporter et que je vais tout de suite cuisiner !

– Tu as raison, femme, mets-le à rôtir au four.

– Il me semble, mon époux, que ce cochon serait meilleur cuit à la broche dans notre cheminée.

– Eh bien, soit, mais fais vite, j'ai une faim d'ogre ! »

L'odeur du cochon grillé à la broche devint bientôt irrésistible, et le maître du château se plaignait du service qui était bien en retard !

Enfin, la géante prit la broche dans ses mains, avec une force qu'on n'imaginait pas, même à une femme aussi solide !

Le couple se mit aussitôt à dévorer à belles dents le cochon grillé à point, avec de grands bruits de mastication, et de grands glouglous de vin rouge. Le repas achevé, l'ogre demanda :

« Femme, va donc chercher ma belle oie blanche. »

Et celle-ci revint aussitôt, avec une corbeille garnie de paille.

« Belle oie blanche, ma petite oie, chantonna l'ogre de sa voix la plus douce, ponds-moi un œuf d'or. »

Et la belle oie blanche pondit sur-le-champ un œuf que Jack voyait scintiller du fond de son four. Bientôt, il entendit les ronflements de l'ogresse, et ceux, plus graves, de l'ogre qui s'était endormi devant la corbeille, tenant dans sa large main l'œuf d'or tout frais pondu.

Jack pensa alors qu'il était temps de prendre congé. Il s'extirpa du four tout noir de suie et, s'approchant sans bruit de la table, il mit la corbeille de l'oie sous son bras, et voulut enlever l'œuf d'or de la main du géant, qui s'éveilla.

Clip, clip, clop, les sabots de Jack jouèrent des castagnettes sur le dallage, et y laissèrent des traces noires !

« Couac, couac », caqueta la belle oie blanche !

« Oooh ! », hurla la géante.

Braoum, braoum, firent les pas de l'ogre, soudain réveillé, et le château trembla de l'aile ouest à l'aile est...

Par chance, le jeune garçon arriva à l'énorme tige de haricot. Il s'y laissa glisser, et l'ogre, fulminant plus encore que la première fois, n'osa pas s'aventurer sur cette tige, pour lui si frêle.

Aussitôt chez lui, Jack montra à sa mère l'oie qui assurerait désormais leur prospérité. La femme recommença à bénir tout le monde, et de ce jour, ils n'eurent plus de soucis, car avec un œuf d'or par jour, on vit dans l'opulence ! Or, le jeune homme continuait à songer à ce pays d'au-dessus des nuages, ce pays de géants aux pouvoirs merveilleux... Il y pensait à chaque instant, au point que, bientôt, il ne put s'empêcher de grimper à nouveau sur l'énorme tige.

Dès qu'il se trouva de nouveau au pays magique, il aperçut l'ogresse qui étendait son linge : des mouchoirs grands comme des serviettes, et des serviettes aussi immenses que des draps ! Cette fois, il se garda bien de se montrer, pénétra discrètement dans le palais et se dissimula derrière la boîte à farine, sur le vaisselier.

Au bout d'un moment, le sol trembla et l'ogre entra, laissant tomber à terre une vache dépecée.

« Humm, ne tarda-t-il pas à dire, ça sent la chair fraîche. J'espère, femme, que tu n'as pas fait entrer ce gredin, ce malotru qui nous a dérobé notre belle oie blanche. Si c'était le cas, je vous ferais cuire, lui et toi, dans la grande cheminée, et je vous mangerais d'un égal appétit. »

L'ogresse se récria évidemment qu'elle s'était jurée de ne plus jamais laisser entrer qui que ce fût. Ils se mirent cependant tous les deux à fouiller toute la maison, sans penser toutefois à regarder derrière la boîte à farine. C'était, après tout, sûrement l'odeur de la vache qui leur chatouillait ainsi les narines.

L'ogresse se mit à sa cuisine, sans quitter son air inquiet. Lorsqu'elle prit la bête dorée à point, Jack, qui avait pourtant le matin même mangé à sa faim, se sentit fort en appétit. Le repas plantureux et bien arrosé fini, l'ogre demanda : « Femme, va me chercher ma harpe magique, j'ai envie d'un peu de musique. »

La géante s'en revint avec l'instrument demandé.

« Harpe, petite harpe d'or, chante pour moi de doux refrains. »

Et la harpe se mit à faire de la musique toute seule ; ses chansons étaient douces à entendre, et si belles que Jack en avait des frissons. Pas de doute, cette harpe, il la lui fallait. Au bout d'un moment, les cordes de l'instrument cessèrent de vibrer, et il entendit les ronflements de l'ogresse, puis ceux de l'ogre qui s'était assoupi devant la harpe d'or. Il descendit alors de l'étagère et saisit la harpe qu'il glissa sous son manteau. Mais il n'avait pas pu empêcher celle-ci de vibrer...

Clip, clip, clop, les souliers vernis de Jack dansèrent une sarabande que la musique de la harpe accompagnait !

« Oooh ! », hurla la géante.

Braoum, braoum, braoum, se mirent à faire les pas de l'ogre !

Jack sentit l'ogre beaucoup plus furieux encore que les autres fois. Qu'arriverait-il si celui-ci le rattrapait ? Il arracha de l'étendage une des grandes serviettes à carreaux de l'ogre et, arrivé au bout du nuage, il fit un bond en avant, s'envola et se mit à planer dans l'air ensoleillé.

L'ogre, dont la colère était à son comble, entama une lente descente par la tige du haricot qui menaçait, à tout moment, de rompre ! Mais Jack était plus rapide, et à peine eut-il mis pied à terre qu'il alla chercher la hache de son père et se mit à couper la tige, en y mettant toutes ses forces. L'ogre s'écroula avec la plante, et mourut sur le coup.

Quant à Jack, il vécut de nombreuses années avec sa mère, puis avec son épouse et leurs enfants, ayant toujours de quoi bien vivre, grâce aux œufs de l'oie, et toujours de quoi se distraire grâce à la harpe magique.

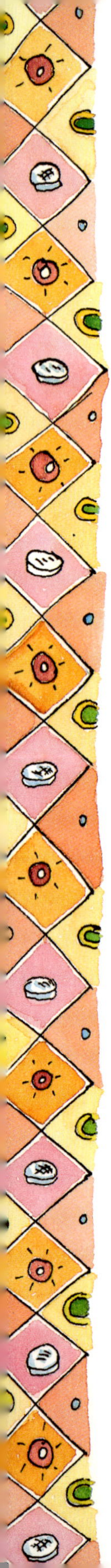

Le pauvre JEAN

Personne ne méritait mieux son surnom que le « pauvre Jean ». Lui et sa femme la « pauvre Jeanne » ne possédaient qu'une masure délabrée, en lisière de la forêt, dans laquelle il n'y avait pour tout mobilier qu'un lit, une table et deux chaises, sans parler de la huche et du garde-manger, toujours vides... La terre était si pauvre, par ici, qu'il n'était pas question de semer du blé, et l'herbe si maigre que même s'ils avaient pu s'acheter une vache, celle-ci serait morte de faim...

Ce jour-là, le pauvre Jean marchait dans la forêt où il cherchait de quoi améliorer son dîner : champignons ou châtaignes, mûres ou airelles...

Mais hélas, Jeanne et lui devraient, comme bien d'autres soirs, se contenter d'une soupe aux orties, car dans leur vieille huche, ne restait plus une miette...

Soudain, il croisa une femme aux cheveux blancs, toute voûtée, plus ratatinée qu'une pomme de terre de l'an passé, les doigts déformés par les rhumatismes, si vieille qu'elle paraissait plusieurs fois centenaire, portant un fagot plus gros qu'elle ! Jean en eut pitié.

« Grand-mère, lui dit-il, permettez-moi de porter ce lourd fardeau pour vous. »

La vieille femme ne refusa pas.

Il fallut, pour aller jusqu'à la minuscule cabane dans laquelle elle vivait, la seule à vrai dire qui fût aussi misérable que celle de Jean et Jeanne, marcher des heures, gravir des montagnes escarpées, traverser des forêts. Comment cette femme, qui semblait si faible, avait-elle pu venir de si loin ?

La nuit était depuis longtemps tombée lorsqu'ils arrivèrent. Jean ne fut pas mécontent de poser à terre le fagot qui semblait, de minute en minute, peser plus lourd sur ses épaules !

La vieille femme lui donna pour le remercier une miche de pain et un fromage. Jean essaya de refuser : si la vieille possédait ces richesses

dont lui-même osait à peine rêver, c'était forcément là toute sa fortune. Il ne se pardonnerait jamais de la priver de nourriture, mais elle se fâcha et il dut accepter.

Avec cette belle miche croustillante et ce fromage, c'était un festin de roi qu'ils allaient faire ce soir ! Comme Jeanne serait heureuse !

Effectivement, elle fut émue aux larmes quand elle vit toutes ces victuailles !

Ils tartinèrent le fromage fondant et crémeux sur de larges tranches de ce pain tendre et blanc. Mille fois, en pensée, ils remercièrent la vieille femme de sa générosité ! Il y avait si longtemps qu'ils n'avaient pas eu à leur disposition un fromage et un pain entiers.

Jeanne, prévoyante, garda pour le lendemain de quoi faire deux belles tartines. Puis ils s'endormirent, le ventre plein, ce qui ne leur était pas arrivé depuis plusieurs années, et l'esprit en paix de savoir qu'ils mangeraient deux jours de suite.

Jean rêva qu'il escaladait des montagnes de pain croustillant dont il caressait au passage la douce pellicule de farine qui s'y accrochait comme la première neige, et, soudain, il arrivait au bord d'un lac tout blanc, il s'agenouillait, y trempait le doigt et se rendait compte qu'il s'agissait d'un lac de fromage fondu...

Mais, au petit-déjeuner, quelle ne fut pas leur surprise de trouver dans la huche le pain et le fromage entiers !

La miche était même tiède, comme si elle sortait du four. Pourtant, si quelqu'un était entré, ils l'auraient entendu ! Ils se pincèrent mutuellement pour être bien sûrs qu'ils n'étaient pas en train de rêver, puis hésitèrent à couper un morceau de l'un et de l'autre. N'était-ce pas une illusion que leur envoyait le diable ?

À midi, la miche et le fromage avaient retrouvé leur forme ronde… et le soir aussi.

On l'a compris : la vieille femme était une de ces fées qui, prenant les apparences les plus inattendues, viennent secourir les humains pauvres et méritants.

Cent fois ce jour-là, et dix fois encore les jours suivants, ils remercièrent la fée de sa bonté. Pourtant, au fil des jours, ce miracle renouvelé commença à moins les émerveiller. Lorsque Jeanne ouvrait la huche ou le garde-manger, elle n'avait plus cette légère appréhension de les trouver vides. Elle s'ingéniait à varier les menus : tartines de fromage, pain perdu, et panade gratinée étaient ses grandes spécialités.

Mais bientôt le pauvre Jean commença à trouver ce régime monotone... Certains jours, il lui arriva même de maudire la fée !

Un soir, comme il venait de couper du bois, il demanda :

« Qu'y a-t-il au dîner ? »

Et, comme Jeanne sortait le pain et le fromage, il se mit en colère et repartit en claquant la porte.

Il marcha tout droit, jusqu'au bois de châtaigniers, donnant des coups dans les cailloux du chemin, ne souriant pas des lapins qui détalaient, montrant leurs petites queues blanches. Soudain, il aperçut une silhouette qu'il lui sembla avoir déjà vue : ce dos si voûté, ce visage de vieille pomme de terre, ce fagot qui la dissimulait presque. Pas de doute, c'était la fée. Sans dire un mot, il s'empara du fardeau, pensant que c'était là l'occasion rêvée. Peut-être la fée lui donnerait-elle, pour le récompenser de sa bonté, des mets délicieux : un pâté chaud à la viande et une galette au beurre, par exemple !

Tandis que la pauvre vieille essoufflée trottinait derrière lui, il gravissait les côtes, dévalait les talus... Dame, un homme bien nourri, cela transporte un fagot, même un très gros fagot, sans effort. Du reste, on aurait dit que celui-ci s'allégeait à chaque instant.

« Pourquoi, se demandait-il, ne fait-elle pas usage de sa magie pour aller plus vite ? »

Et il commença à la houspiller.

« Dépêche-toi, la vieille, sinon nous ne serons pas arrivés avant la nuit. C'est que je n'ai pas que ça à faire, moi... »

Arrivé à la cabane, Jean retrouva le sourire. Il lui tardait d'avoir sa récompense. Sans mot dire, la femme prit un pâté de viande et une galette au beurre - preuve, s'il en fallait une, que c'était bien une fée qui lisait les désirs qu'elle emballa dans un grand torchon.

« Merci la vieille, et à bientôt. »

Chemin faisant, il se disait que la prochaine fois qu'il la rencontrerait, il mettrait à son menu gigot d'agneau et petits pois au lard !

Quand il entra chez lui, il trouva Jeanne en larmes : elle n'avait trouvé dans la huche ni pain, ni fromage ! Il semblait que le miracle refusait de se reproduire. Et Jeanne se lamentait sur la perte de ses victuailles magiques !

« Ne t'en fais pas, ma Jeanne, ne regrette pas ce pain fade et ce fromage à moitié aigre. Regarde ce que je t'apporte ! »

Et il posa sur la table le balluchon, l'ouvrit avec des gestes solennels, puis il prit son couteau pour trancher le pâté, mais à l'instant même où la pointe entamait la croûte dorée, le pâté disparut. Tant pis, on mangerait de la galette !

Mais celle-ci disparut de la même façon et on entendit un ricanement caverneux, comme aurait pu l'être celui d'une vieille fée édentée :

« Mon pauvre Jean, puisque ta générosité n'était que du vent, désormais, tu te nourriras de vent ! »

DIABLE de Noix

Depuis quelque temps, tout allait bien dans le canton : les récoltes mûrissaient tranquillement, et le blé semblait n'avoir jamais porté de plus lourds épis. La grêle ne détruisait pas les vignes et le vin était plus fruité, plus gouleyant qu'au temps passé. Dans les haies, ronces et orties poussaient avec moins de force, laissant la place à des touffes de violettes dont l'odeur rendait amoureux, les chardons n'envahissaient plus les champs, et les vaches donnaient naissance à des veaux dodus ! Mieux encore, les fruits étaient plus gros que les autres années, et les loups ne mangeaient plus que quelques brebis, choisissant, avec un incroyable instinct, celles qui étaient taries. Bref, on aurait cru que le diable se désintéressait de la contrée.

Au mois d'octobre, le Glaude s'en alla ramasser les noix de son champ : il y en avait tellement, et elles étaient si grosses qu'en un instant il en remplit un panier et qu'il eut bien du mal à le soulever. Son poids lui tordait le dos et il avait toutes les peines du monde à mettre un pied devant l'autre ! Tous les dix pas, il lui fallait s'arrêter et reprendre son souffle. Encore le malheureux n'osait-il pas poser le panier à terre, de peur de ne pouvoir le soulever à nouveau ! Il le soutenait de son genou, et dès qu'il respirait un peu mieux, il repartait.

Soudain, comme, pour la vingtième fois déjà, il se remettait en route, il sentit une main sur son épaule : c'était le Toine qui se demandait si son voisin était malade à ne pas avancer plus vite que cela. La faute en revenait-elle à l'âge ou aux rhumatismes ?

« Mon pauv'Toine, j'suis point si âgé qu'toi et si j'peux plus mett' un pied d'vant l'aut', c'est la faute de c'te fichu panier d'noix d'malheur !

– De c'te fichu panier ? Un pauv'panier d'noix ? T'es ben plus vieux qu'tu n'veux le dire, le Glaude ! Moi que j'suis d'vant toi, ton panier, j'te l'porte d'mon p'tit doigt ! Montre voir ! »

Le Glaude, vous pensez qu'il ne se fit pas prier pour céder son fardeau au pauvre Toine qui cessa de faire le faraud dès qu'il en sentit le poids. Mais Toine avait l'esprit pratique et il proposa de répartir les noix dans leurs poches à tous les deux, et dans leurs bérets, ce qui allégerait d'autant le panier.

Ce faisant, il trouva au fond une noix d'une grosseur ! Et d'un poids !

« Fais-y voir, le Toine ! Parbleu, t'as pas tort, on dirait qu'c'tte noix est ben plus lourde qu'un caillou ! »

Pourtant, s'il s'était agi d'un caillou, il aurait été plus froid, et si cela avait été une noix d'or que des voleurs de grands chemins auraient laissé tomber ici, elle aurait brillé d'un autre éclat ! D'ailleurs, Glaude n'en démordait pas, si les brigands étaient passés par son champ, ils n'auraient pu s'empêcher de voler toutes ses noix !

TOINE – Glaude ?

GLAUDE – Ouais ?

TOINE – Donne-la-moi, ta noix...

GLAUDE – Si c'est qu't'aime les noix, mon Toine, j'vas t'en donner, et pas qu'une, j'vas t'donner tout c'que t'as mis dans tes poches !

TOINE – C'est pas ça que j'te d'mande ! C'est seulement ta grosse, de noix ! Même qu'j'me disais comme ça que pour êt'si lourde, c'te noix, il fallait qu'elle soit remplie de poison !

GLAUDE – Et pourquoi qu'tu voudrais du poison, le Toine, ça serait'il pas pour m'empoisonner et m'prend'mes pommes qui sont deux fois plus belles que les tiennes, ou ben encore pour ramasser toutes mes citrouilles, comme si j'le savais pas que c'est toi qui a ramassé la plus belle, l'automne avant la grand'sécheresse !

TOINE – J'peux pas t'laisser dire ça, mon Glaude, j't'ai jamais rien pris, sauf, une fois, une pomme qu'était tombée dans mon jardin. J'ai jamais recommencé. Tiens : c'est vrai qu'elles sont grosses, tes pommes, mais pour le goût...

La vérité vraie, c'est qu'j'voudrais pas qu'ce soit toi qui t'empoisonnes !

Si j'te donne douze bons œufs, tu m'la donneras ?

(grimace de Glaude)

TOINE – Et si j'te donnais mon plus gros canard ? Tu peux pas dire qu't'en as des canards, pas'que t'en as point !

GLAUDE – Et pourquoi tu me donnerais un beau canard, contre une noix ?

TOINE – T'fais donc pas plus bête que t'es !

C'est juste qu'j'aime les noix !

GLAUDE – Môssieur Toine aime les noix ! Et est-ce que môssieur Toine donnerait une de ses deux vaches pour avoir la noix ?

TOINE – Oui, j'la donnerais ! (un temps) C'est ben la Blanchette qu'tu veux ?

GLAUDE – La Blanchette, elle s'rait pas un peu centenaire, des fois, avec ses os qui sont près de lui traverser la peau ? Non, mon Toine, celle qui m'faut c'est la Brune...

TOINE – La Brune ! T'as pas de conscience, Glaude, t'as pas de conscience ! (un temps) ben, oui, j't'la donnerai, la Brune !

GLAUDE – Tope-là, mon Toine !

Les deux voisins topèrent, et le Toine alla chercher la Brune. Il s'en faisait une joie, le bonhomme, d'ouvrir sa noix. Non pas qu'il espérât y trouver de l'or, ou des pierres précieuses, ou un quelconque poison, mais il était sûr que la plus grosse noix du monde (car il ne s'agissait de rien d'autre que de cela) serait un délice sans pareil. Et laisser ce festin-là à cette andouille de Glaude, qui avait déjà les meilleures pommes de tout le canton (il lui en volait assez pour le savoir), cela, il ne pourrait jamais l'admettre. Il rapporta dans son humble maison le précieux fruit, sous sa veste en velours, contre son cœur ! Un long moment, il le contempla : elle était, hors sa taille, en tous points identique aux noix ordinaires.

Il se servit un verre de vin blanc pour l'accompagner... Puis, il coinça la noix entre les mâchoires de l'étau et, prenant le plus gros marteau qu'il avait, il la brisa !

Or, c'était le diable qui était dans la noix !

Et le malin s'en échappa en riant de tous ses poumons trop longtemps compressés ! Il se dressa au milieu de la pièce, et ses jambes de bouc paraissaient plus volumineuses que des cuisses de cheval, sa queue fourchue frappait le sol de terre battue, et ses pupilles verticales lançaient des éclairs. Toute la maison sentait le soufre !

« Ah, ah, s'exclama-t-il de sa voix satanique, tu m'as bien rendu service, mon bonhomme ! Le sorcier de par chez vous m'avait enfermé dans cette étroite coquille, et tu m'en as sauvé au bon moment ! »

Alors, le diable s'échappa par la fenêtre ouverte. Sur son passage, les fleurs se fanaient, ronces et chardons reverdissaient, et les vaches dans leur pré maigrissaient à vue d'œil (même la Brune qui devint soudain maigre comme une haridelle) !

Ainsi, le diable, toujours gesticulant et ricanant, s'en fut semer sa terreur jusqu'à la fin des temps...

Baba YAGA

Baba Yaga, vous la connaissez ? C'est cette horrible sorcière, la plus laide et la plus méchante de toutes, qui est si sèche, si affreusement décharnée qu'on la surnomme Baba Yaga Jambe d'Os.

Si vous avez vu cette petite vieille voûtée, fripée et tellement faible qu'on voudrait la protéger, saisir à deux mains un homme, un costaud, le mettre au four et le manger comme un poulet, vous ne pouvez pas l'avoir oubliée ! Mais peut-être connaissez-vous le forgeron qui lui a fabriqué des dents de métal pour remplacer celles qu'elle avait perdues ? Non plus...

Vous avez au moins entendu parler des perfectionnements qu'elle a apportés au vol des sorcières ? Alors que ses consœurs se contentent encore d'un balai, Baba Yaga s'installe sur son mortier (celui-là même qui lui sert à préparer ses mixtures), elle utilise le pilon pour accélérer la vitesse et un balai pour effacer le sillage. Ce serait tout de même étonnant que vous ne l'ayez jamais entendue siffler pour appeler le mortier, le pilon et le balai qui obéissent aussitôt et arrivent...

Et sa maison, qui ne la connaît dans la vieille Russie ? Une isba montée sur des pattes de poulet telle qu'il n'en existe qu'une dans la profonde et sombre forêt. Et qui ne se gêne pas pour tournicoter dans son jardin, exposant, selon l'humeur du moment, sa porte à l'est, à l'ouest, au sud et le plus souvent, au nord.

Et la palissade qui a pour cadenas une mâchoire aux dents pointues, faite d'ossements humains et dont onze des douze piliers sont surmontés de crânes de squelettes dont les yeux cruels percent l'obscurité ? Ça y est, vous la remettez, la Baba Yaga ?

Ça la tracasse, Baba Yaga, cette histoire de douzième piquet de palissade sans tête de mort...

Alors, elle laisse sa barrière ouverte pour que, si jamais quelqu'un se perd en forêt, il se réfugie chez elle, et devienne la douzième tête.

Et Igor, le pauvre Igor, je vous en ai parlé ?

En voilà un qui en a eu du malheur, dans sa vie ! Miséreux depuis toujours, et bon ouvrier pourtant, qui n'a pas son pareil pour faire des jouets en bois. Mais quels paysans pourraient offrir des jouets à leurs enfants, eux qui, souvent, n'ont pas de quoi leur acheter des souliers !

Dans sa jeunesse, il était amoureux de la belle Héléna et elle de lui. Dame, ils se sont mariés, comme on fait en pareil cas ! Par la suite, ils ont eu une fille, Vassilissa, qui promet de devenir aussi jolie que sa mère, sinon davantage. Mais, par un hiver encore plus cruel que les autres, la belle Héléna est morte de pneumonie.

Des larmes, ils en versèrent, le pauvre Igor et sa fille ! Et depuis, leur petite isba, jusqu'alors si gaie, est devenue triste et silencieuse !

Ce qui rajoute encore des soucis à Igor, c'est Vassilissa. Comment la jeune fille va-t-elle pouvoir vivre, sans tendresse maternelle ? Il n'a pas trouvé d'autre solution que celle de se remarier. Il y a au village une veuve, sans beauté ni richesse, mais elle élève avec courage ses deux filles. Igor lui demande de l'épouser : sa très chère Vassilissa trouvera à la fois une mère et des sœurs.

Or, les filles de la marâtre sont plus laides qu'une paire de poux, et elles se mettent aussitôt à jalouser Vassilissa, tandis que la femme la prend également en grippe ! Voici la pauvre petite plongée en enfer !

Non seulement la marâtre et ses filles reprochent sans arrêt à Igor sa pauvreté, mais elles font de Vassilissa leur servante.

A force de ronchonneries et de rousquailleries, elles décident Igor à abandonner sa petite échoppe pour partir, seul, tenter de s'enrichir à

la ville ! À peine le pauvre homme a-t-il le dos tourné que les trois mauvaises laissent libre cours à leur méchanceté. Pas un jour sans bouderie, pas une heure sans fâcherie, pas une minute sans ordre à exécuter. Au bout de quelques semaines, elles reprochent à Vassilissa d'être une bouche inutile, et cherchent à s'en débarrasser !

« Ma fille, lui dit la femme de sa voix la plus mielleuse, notre feu s'est éteint. Va donc dans la profonde forêt qui se trouve à l'est, et ramène-nous le feu qui jamais ne s'éteint. Tu n'auras qu'à marcher droit devant toi pour le trouver !

Voici ces provisions, pour la route. Surtout, ne traîne pas en chemin, tes pauvres sœurs et moi mourrions de froid.

– Oui, mère, répond la pauvre jeune fille qui sait que tout raisonnement est inutile. »

À peine sur le chemin qui mène tout droit, elle voit une cane déplumée, qui cancane faiblement.

« Ma belle, lui dit la cane, n'as-tu rien à me donner à manger ? Si tu ne m'aides pas je vais mourir de faim et mes canetons aussi. »

Vassilissa ouvre la musette. Ce pain dur peut-il être bon pour une cane et des canetons ?

« Merci la belle, je te revaudrai ça. »

Vassilissa se demande bien comment une cane pourrait lui rendre service, mais elle est heureuse d'avoir secouru l'animal.

Maintenant qu'elle est hors de vue, la marâtre écarte les cendres sous lesquelles elle avait gardé de belles braises, ravive des flammes crépitantes et joyeuses. Prétexte que cette histoire de feu !

Et le casse-croûte donné à Vassilissa, ce n'est que pour qu'elle parte en toute confiance. La mauvaise femme sait bien que sa belle-fille va rencontrer la Baba Yaga et qu'elle sera dévorée par la sorcière !

À la lisière de la forêt, la belle Vassilissa rencontre une vache, qui semble bien mal en point : sa patte arrière est prise dans un piège à loup. La pauvre bête meugle de toutes les forces qui lui restent.

« Sauve-moi, la belle, ou je vais mourir, et mon veau mourra de faim dans l'étable du maître ! »

La jeune fille n'est pas des plus fortes. Va-t-elle réussir à écarter les mâchoires de métal ?

« Merci la belle, je te revaudrai ça. »

Vassilissa est heureuse d'avoir secouru l'animal. Mais comment une vache pourrait lui rendre service ? Elle entre dans la sombre forêt, et frissonne de froid et de crainte. Elle marche longtemps, elle est fatiguée, elle a faim. Alors, elle s'assied sur une souche et ouvre sa musette : plus qu'un petit bout de fromage rance. Ce n'est pas cela qui lui redonnera des forces pour trouver le feu qui jamais ne s'éteint !

Maintenant, il lui faut poursuivre son chemin. Tout le jour elle avance, et le soir, fourbue, se laisse tomber sur la mousse. À ce moment, elle entend un bruit semblable à celui de plumes froissées. Une voix rauque l'interpelle et la jeune fille découvre un faucon superbe pris dans un filet.

« La belle, peux-tu m'aider à me sortir de ce piège ? Si je restais là, mes oisillons mourraient de faim. »

Vassilissa a toujours dans sa poche ses ciseaux de couture. Le filet est-il suffisamment déchiré ?

« Merci la belle, je te revaudrai ça. »

Vassilissa lui fait un signe d'adieu, heureuse en pensant aux oisillons. Mais en quoi aurait-elle besoin d'un faucon ? Entre-temps, la nuit est venue, sombre et résonnant de mille cris inquiétants ! Elle poursuit son chemin en tremblant !

Baba Yaga, dont l'ouïe est très fine, entend au loin le pas léger de la jeune fille et la toile de sa robe qui s'agrippe aux ronces, et elle se frotte les mains. Va-t-elle activer le feu dans ses fourneaux ? Non, car la nouvelle venue devra commencer par ranger sa maison où le désordre et la poussière se sont accumulés, ces dix dernières années !

Alors, la sorcière danse dans sa cour, soulevant à deux mains sa jupe, et parle aux piliers de sa palissade :

« De votre plein gré vous êtes venus
Et qui vous a fait passer de vie à trépas ?
Évidemment, c'est la Baba Yaga !
Avouez qu'elle vous a bien eus. »

Et, dans les yeux des onze crânes, la haine brille tellement que la forêt en est tout illuminée. Alors, la sorcière ferme à triple tour ses coffres remplis de pièces d'or et les glisse dans son armoire à double fond, puis va se coucher, met sur son lit son édredon rapiécé et reste immobile : elle attend Vassilissa...

Justement, dans la profonde et sombre forêt, la jeune fille tremble à chaque instant : le bruissement des feuilles sous le vent lui paraît des pas de lutins malveillants, les hululements des chouettes et des hiboux sont les hurlements d'un loup-garou ! Et ces épines, ces branches où sa robe se déchire sont les doigts avides et crochus de quelque ogre...

Soudain, elle aperçoit de petites lumières dans une clairière. Peut-être celles de la façade d'un manoir...

Comme elle arrive à la palissade, Vassilissa s'étonne de cette drôle de maison montée sur des pattes de poulet et qui ne montre ni porte ni fenêtres. Quand elle voit que les lumières qu'elle cherchait, ce sont les yeux brillants de haine de ces crânes, elle pousse un cri.

« Clac », fait la mâchoire-cadenas en se refermant !

La jeune fille, terrifiée, s'adresse alors à la maison :

« Petite isba, retourne-toi, fais voir ton dos à la forêt, ouvre-moi ta porte, s'il te plaît ! »

« Frrtt, frrtt », fait la maison en pivotant sur ses pattes de poulet.

Vassilissa peut s'engouffrer dans l'isba.

La sorcière cache
ses dents pointues sous le drap !

Et elle dit, sans se lever :

« Qui que vous soyez, voyageur, entrez !

Venez dans ma chambre, que je vous voies : c'est un bon ange qui vous envoie. »

Et la Baba Yaga fait comme si elle tremblait de fièvre sous ses couvertures trop minces.

« Que vous êtes belle, ma chérie, et comme vous avez l'air bonne ! Vous pouvez rester ici aussi longtemps que vous le désirez, jusqu'à votre mort, par exemple, mais soignez une pauvre vieille !

– Ne craignez rien, babouchka ! »

(Babouchka, en russe, ça veut dire grand-mère, et c'est ainsi que les enfants, moitié par respect, moitié par tendresse, appellent les vieilles dames.)

Vassilissa lui apporte aussitôt de l'eau, ravive le feu, fait réchauffer pour son hôtesse un restant de soupe...

Qui est-ce qui ricane sous son drap ? c'est la Baba Yaga !

Le lendemain, à l'aube, la vieille réveille Vassilissa de sa voix pointue.

« Assez dormi, ma chérie, ouvre ma fenêtre et apporte-moi mon petit-déjeuner ! Après cela tu feras du ménage...

– Oui, babouchka.

– Et aussi du jardinage...

– Oui, babouchka.

– Du désherbage, du repassage, de l'arrachage, de l'épluchage...

– Oui, babouchka.

– Et ce qui me plairait, ma chérie, ce serait un gâteau au miel et aux amandes. »

Et Vassilissa se retient de soupirer : elle ne veut pas se montrer ingrate envers cette vieille dame malade qui a pris pitié d'elle.

Le jour d'après, la sorcière lui fait peindre les volets, tailler les haies, ratisser les galets...

Le jour d'après le jour d'après, elle doit coudre des rideaux, pomper de l'eau et nettoyer les carreaux...

Le jour d'après le jour d'après le jour d'après, il lui faut préparer la panade, presser des citrons pour la limonade et nettoyer la palissade...

Vassilissa, ça ne l'enchante pas plus que ça, de s'occuper de la palissade, mais même si, malgré les bêtes dentues et griffues qui l'y attendent, elle réussissait à traverser la forêt, où irait-elle ? Chez sa marâtre ? Sûrement pas !

C'est pourtant une drôle de bonne femme que cette Baba Yaga, le jour elle demeure en son lit, gémissante, mais, dès que vient le soir, elle est toute guillerette et s'en va danser devant sa palissade en disant :

« Chez moi vous vous êtes invités
Et qui vous a fait passer de vie à trépas ?
Évidemment, c'est la Baba Yaga !
Avouez qu'elle vous a bien attrapés. »

Et, quand la haine éclaire les onze paires d'yeux, elle siffle son mortier, y grimpe dessus comme un crapaud, montrant ses jambes d'os,

puis elle part, rapide comme l'éclair, se dirigeant avec son pilon, effaçant ses traces avec son balai.

Où va-t-elle ? Croit-elle vraiment que Vassilissa ne se doute de rien ?

Os après os, la jeune fille lave la palissade, piquet après piquet. Et maintenant voici le tour des crânes. Elle les savonne et les brosse longuement.

Soudain, un des onze crânes ouvre les yeux, des yeux pleins de tristesse.

« Pauvre petite ! dit-il.

– Pauvre petite ! répètent les autres en canon.

– Pourquoi ? demande Vassilissa.

– Bientôt, quand sa maison sera rutilante, son jardin ordonné, ses légumes plantés, ses

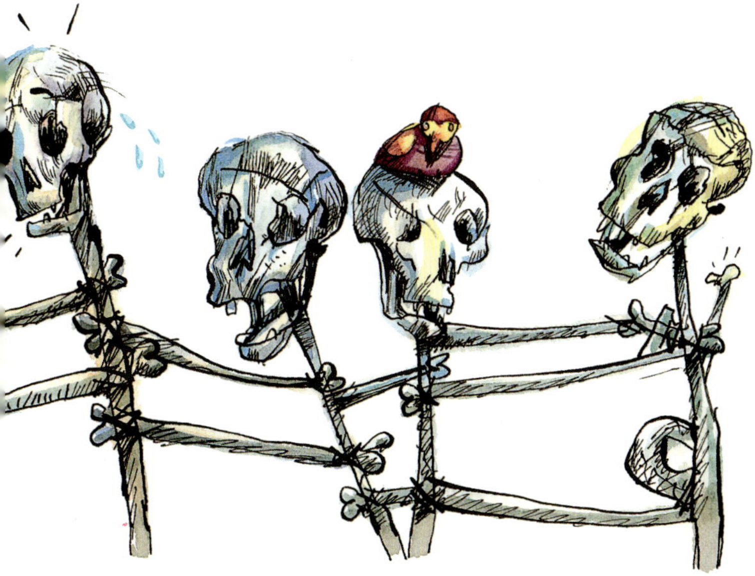

confitures cuisinées, elle fera comme pour chacun de nous : elle te mettra dans son grand four, te mangera et ton crâne viendra rejoindre les nôtres, sur le douzième pilier ! »

Elle est tellement suffoquée, la pauvre Vassilissa, qu'elle doit se retenir à la barrière ! Mais voilà que les crânes vides continuent à lui parler.

« Nous nous sommes tous, les uns après les autres, perdus un jour dans la profonde et sombre forêt...

– Comme toi, nous sommes arrivés devant la petite isba montée sur ses pattes de poulet. La Baba Yaga nous a retenus chez elle et nous avons travaillé pour elle.

– Lorsqu'elle a pensé que nous n'étions plus utiles, elle nous a saignés, mis au four, dévorés et a récupéré nos os pour cette maudite palissade.

– Pendant des jours et des jours nous sommes demeurés silencieux parce que seule la méchanceté régnait ici. Mais toi, tu es si gentille, si gaie, si serviable, que nous voulons t'avertir.

– Fais attention à ne pas lui déplaire, à la Baba Yaga. Tant qu'elle a besoin de toi, tu peux rester en vie, sinon, c'est la palissade !

– Prends garde : c'est lorsque la vieille fait grincer ses dents d'acier qu'il faut le plus se méfier. »

Justement la sorcière appelle la jeune fille pour qu'elle vienne lui préparer son repas. Peut-être que si elle se rendait indispensable, la sorcière lui laisserait la vie ! Et puis, c'est bien le diable si elle ne finit pas par trouver une solution pour rejoindre son père !

Pourquoi ne pas étonner Baba Yaga en lui cuisinant les plats les meilleurs et les plus variés ? Cela lui couperait peut-être l'envie de manger de la chair humaine. On est en septembre, il y a des mûres au jardin : Vassilissa en fait de merveilleuses confitures, des pâtes de fruit, et la vieille fait claquer sa langue.

« C'est fameux, ma chérie, je veux tous les jours ce mets à mon dîner. »

Et Vassilissa, les mains violettes du jus des mûres, passe ses journées à préparer les douceurs demandées. En octobre, la jeune fille concocte de délicieux gâteaux aux noix et de la gelée de coings, aussi belle et douce que le miel le plus succulent !

« Délicieux, ma chérie, je veux tous les jours ces mets à mon dîner. »

Novembre arrive, dans un tourbillon de neige qui fait du jardinet un carré de neige poudreuse, tandis que les onze crânes ressemblent à

autant de boules de neige. Vassilissa utilise les pommes qui étaient au grenier pour préparer des tartes, des compotes, des chaussons.

« Merveilleux, ma chérie, je veux tous les jours ces mets à mon dîner. »

Mais voici le mois de décembre, le décembre glacé de la vieille et sombre Russie, avec les grands hurlements du vent de la taïga, et pas le plus petit rayon de soleil pour empêcher la mâchoire-verrou de claquer des dents... Il n'y a plus de provisions dans l'isba et pourtant la Baba Yaga fait chauffer son grand four. Est-ce que Vassilissa se l'imagine ou est-ce que la vieille la regarde d'un drôle d'air ?

Il ne faudrait pas que la sorcière la mette à son menu de Noël ! La jeune fille cherche désespérément une idée, mais il ne reste en tout et pour tout qu'un peu de farine, du sel, un pain de sucre et de la levure. En faisant fondre de la neige, elle pourrait faire du pain, mais elle est terrorisée à l'idée que la vieille ne se contente pas de pain sec, même recouvert de caramel, même si elle lui donne la forme d'un enfant dodu. Il lui faudra de la sauce pour y tremper son pain, celle d'une jeune fille rôtie, par exemple...

Déjà la sorcière grince des dents...

« Ma chérie, j'ai froid dans mon lit ! Va allumer le grand feu.

– Oui, babouchka. »

Sous prétexte de chercher les allumettes, Vassilissa visite tous les recoins de l'isba. Au fond d'un placard, elle met la main sur un pot dans lequel restent quelques cuillerées de confiture d'abricots. Ce n'est pas cela qui va la sortir d'affaire !

Elle en est là de ses pensées lorsqu'elle entend de menus coups tapés à la fenêtre.

Elle ouvre et se trouve nez à nez avec une cane au plumage splendide.

« Me reconnais-tu Vassilissa ? Tu m'as porté secours et grâce à toi, mes canetons ont vécu, et sont devenus à leur tour canes et canards. Pour te remercier, je t'ai apporté douze beaux œufs. »

La jeune fille a à peine le temps de dire merci que la cane a déjà disparu, ses pattes laissant dans la neige des traces semblables à de petits éventails.

« Ma chérie, la chaleur ne vient pas jusqu'à moi, remets du bois dans l'âtre.

– Oui, babouchka. »

Baba Yaga se contentera-t-elle d'une omelette ? Il y a peu de chances, mais il faut essayer quand même. Au fait, quel goût cela peut bien avoir une omelette à la confiture d'abricots ?

Maintenant, c'est à la porte que sont frappés des coups, des coups forts qui la font trembler

sur ses gonds. Elle ouvre et se trouve nez à nez avec une vache.

« Me reconnais-tu Vassilissa ? Tu m'as porté secours et grâce à toi, mon veau a vécu, et promet d'être un très beau taureau ! Pour te remercier, je t'ai apporté de mon meilleur beurre et, si tu le veux, tu peux te servir de mon lait, dans le plus grand bidon que tu possèdes. »

La jeune fille sort et trait la vache. Avec ce bon lait écumeux et tout ce beurre, pas de doute qu'elle ne réussisse à inventer une pâtisserie originale et délicieuse, à laquelle elle devra, pour quelque temps encore, sa survie. Mais, à peine le temps de dire merci que la vache a déjà disparu, ses pattes s'enfonçant profondément dans la neige.

Vassilissa se frotte les mains : avec tous ces ingrédients, elle a de quoi confectionner le plus fameux des gâteaux !

« Ma chérie, ouvre la porte du four et dis-moi si les briques sont brûlantes.

– Oui, babouchka. »

Mais Vassilissa ne bouge pas, car elle sait bien que le four ne doit pas être trop chaud pour la pâtisserie. Dans une jatte, elle mélange de la farine avec de la levure. Elle arrose avec du bon lait qu'elle a fait tiédir. Elle y incorpore dix œufs, du sucre écrasé et même une pincée de sel.

« Ma chérie, viens donc que je t'explique quel est le plat que tu devras sortir pour y cuire mon dîner de réveillon ! »

Et elle grince des dents.

« Oui, babouchka... »

La jeune fille ne cherche pas dans le grand placard l'immense plat de terre cuite que la vieille lui a demandé, celui-là même dans lequel on peut faire cuire un homme entier, mais un moule en forme de couronne.

Plus tard, la pâte odorante ayant levé et promettant d'être d'une rare légèreté, elle l'enfourne. Tout de même, cela fera un bon gâteau, mais sera-t-il assez original pour que la sorcière en oublie son douzième pilier ? Que pourrait-elle rajouter pour augmenter ses chances de survie ? Voilà à la fenêtre des coups forts et décidés. Cette fois, elle reconnaît le faucon qu'elle a délivré du filet.

« Me reconnais-tu Vassilissa ? Tu m'as porté secours et grâce à toi, mes oisillons ont vécu, et sont devenus de grands et beaux oiseaux qui survolent tous les royaumes. Pour te remercier, je t'ai apporté ce flacon d'une liqueur que j'ai découverte dans une île du Sud. »

La jeune fille sent le liquide, décidément très parfumé, et elle voudrait remercier le faucon, mais celui-ci a déjà disparu, ses larges ailes fendant le ciel blanc.

« Ma chérie, tu ne trouves pas qu'il fait toujours froid dans l'isba ? Mets mon grand plat dans le four et couche-toi dedans. En moins d'une heure, tu te sentiras réchauffée jusqu'au cœur.

– Oui, babouchka... »

Et Vassilissa ouvre tout grand son four : la pâte a bien doré et l'odeur envahit toute l'isba et, lorsque le gâteau est à la bonne température, elle le nappe de confiture d'abricot.

Pas de doute : c'est une merveille de gâteau qu'elle a confectionnée là !

« Ma chérie, comme tu sens bon ! On dirait un gâteau ! Est-ce donc que tu as recouvert ta peau de sucre ?

Ouvre la porte du four que je te sente encore un peu !

– Oui, babouchka... »

C'est alors que Vassilissa a une idée vraiment lumineuse : pourquoi ne pas mettre de cette boisson parfumée sur le gâteau ? Elle en goûte une gorgée, et trouve cela vraiment trop fort : il ne s'agirait pas que la vieille reprenne exagérément ses forces ! Pendant que le gâteau refroidit, elle

fait fondre du sucre dans un peu de neige pour obtenir un sirop auquel elle ajoute une bonne rasade du liquide odorant. Dans la casserole de cuivre, le sirop a réduit, mais cette odeur alléchante ne suffit pas à effacer la crainte de Vassilissa.

« Je me sens mieux, ma chérie, et je vais me lever pour te sortir du grand four et te dévorer !

– N'en faites rien, babouchka, j'ai préparé là quelque chose de bien meilleur pour vous. »

Et Vassilissa pose devant Baba Yaga le merveilleux gâteau sur lequel elle verse le sirop parfumé !

« Hum, voilà quelque chose qui sent fort bon ! Donne-moi tout de même mon grand couteau, que je te saigne s'il n'est pas à mon goût ! »

La rusée jeune fille lui donne d'abord sa cuillère d'argent, puis fait semblant de chercher le grand couteau, espérant que la sorcière n'y pensera plus quand elle aura goûté.

Les dents d'acier grincent comme pour rappeler Vassilissa à l'ordre, puis la vieille met une bouchée du gâteau dans sa cuillère : elle la hume longuement comme si elle voulait en identifier les ingrédients. Qu'est-ce qui donne ce parfum si délicat et inaccoutumé à la fois ?

Elle jette à Vassilissa un dernier regard méchant, comme si elle avait pu incorporer du poison à la pâte, et porte enfin le gâteau à sa bouche. Aussitôt, c'est une explosion de joie !

« Ma chérie, ma chérie, comme il est bon, délicieux, succulent, délectable, ce gâteau que tu m'as préparé là ! J'espère que tu m'en referas chaque jour ! »

La jeune fille surveille la Baba Yaga du coin de l'œil, et a l'impression de la voir fondre. Ses rides semblent s'estomper, elle ressemble à une grand-mère bienveillante et non à une sorcière nourrie depuis des siècles de chair humaine. En fait, c'est la méchanceté de la Baba Yaga qui fond, et, pour la première fois de sa longue vie, elle se sent gentille. À chaque bouchée, c'est un peu de bonté qui pénètre son cœur, une bonté étrange, encombrante, dont elle ne sait se débarrasser.

Elle pense que beaucoup d'enfants dans ce pays sont de petits miséreux ! Elle leur offrirait bien des joujoux et des confiseries, mais elle ne sait utiliser que ses pouvoirs maléfiques !

« J'ai bien une petite idée, dit Vassilissa, timidement.

– Quelle est cette idée, ma chérie ?

– Mon père est un artisan qui fabrique de merveilleux jouets en bois. Il accepterait sûrement d'en faire profiter les enfants, mais comment le retrouver ?

– Dis-moi d'où tu viens, demande alors la vieille.

– Mon village se trouve tout droit à l'ouest. Et mon père, lui, est parti plus à l'ouest encore pour faire fortune en ville, mais je ne sais pas s'il a réussi...

– Droit, tout droit vers l'ouest, ce n'est pas si difficile ! Pas besoin de repérer ce qu'il y a au sol. Je vais grimper sur mon mortier, et toi aussi, tu viendras avec moi pour me dire qui est ton père. »

Aussitôt dit, aussitôt fait ! Les voilà toutes deux assises sur l'inconfortable véhicule, le vent et la neige leur fermant les yeux. Vassilissa est morte de fatigue, mais la sorcière chante tout le long, à tue-tête, cet étrange refrain.

« Petits enfants, vous aimez les joujoux,
Et qui peut vous en apporter plein ses bras ?
Évidemment, c'est votre babouchka !
Vous verrez que vous l'aimerez beaucoup ! »

Lorsque les deux femmes arrivent à la ville, il fait grand nuit. Vassilissa ne sait pas où demeure son père. Mais juste comme le mortier passe dans une ruelle qui disparaît presque sous la neige, elles voient un artisan qui ferme son échoppe, l'air triste.

« Papa ! », s'écrie Vassilissa, et elle saute, atterrissant dans un énorme tas de neige.

« Ma fille ! », répond l'homme, et ils se jettent dans les bras l'un de l'autre, en pleurant.

Sans leur laisser le temps de se raconter ce qu'ils ont fait pendant tout ce temps, Baba Yaga intervient.

« Brave homme, lui dit-elle, avez-vous encore quelques jouets pour offrir aux enfants de Russie ?

– Si j'en ai encore ? Mais ils sont tous là, je n'en ai pas vendu un seul ! Les temps sont durs, à présent...

– Alors, prenez toutes vos réserves, et grimpez-les sur mon mortier. Je vais aller les distribuer ! Je veux en donner à tous les enfants de toutes les Russies ! »

Et la vieille s'en va, toujours chantant, et s'enfonce dans la nuit sombre pointillée de flocons…

Le père et la fille, inutile de vous dire qu'ils sont heureux d'être réunis et qu'ils passent ensemble la veillée de Noël, leur plus beau Noël !

Ils se racontent toutes leurs aventures, il y en a pour toute la nuit !

Au matin, la sorcière revient, fatiguée comme jamais et joyeuse à ne pas le croire : tous ces jouets distribués, les yeux des enfants brillant de joie, leurs petites mains tendues vers elle, en l'appelant « babouchka, babouchka »…

Et voilà la terrible Baba Yaga devenue plus douce qu'un agneau, et qui ne pense plus du tout à mettre un douzième crâne à sa palissade ! Et ces crânes eux aussi ont changé : plus de haine dans leur regard, mais une tendre et douce lumière !

Incroyable, me direz-vous ! Il me faut avouer que la vieille n'est pas gentille tous les jours de l'année ! Il lui arrive encore de se fâcher tout rouge pour pas grand-chose, et d'avoir dans l'idée de manger les gens. Mais, quand revient le temps de Noël, elle siffle son mortier magique, le remplit des jouets fabriqués par Igor tout au long de l'année ! Puis elle survole la Russie, fondant de bonté chaque fois qu'un bambin lui crie « merci, babouchka » !

Amis gourmands, ne trouvez-vous pas que le gâteau nappé de confiture et arrosé de liqueur forte dont il est question ici ressemble à ce que nous appelons le « baba au rhum » ? Et ne ressentez-vous pas, vous aussi, un sentiment de bonté vous envahir lorsque vous en goûtez ?

Le sel de la Terre

Il était une fois un roi qui avait trois filles. Un jour qu'il était d'humeur particulièrement joyeuse, il voulut savoir laquelle des trois l'aimait le mieux. Il les fit appeler devant lui et leur posa la question.

L'aînée répondit à son père qu'elle l'aimait mieux qu'un royaume, même le plus grand et le plus riche du monde. La cadette prétendit qu'elle le préférait à l'or et aux joyaux de toute la terre. Le roi, satisfait, se tourna vers la benjamine espérant un compliment encore plus fort, mais peut-être plus original, car au fond de lui-même, c'était elle qu'il chérissait le plus !

« Père, lui dit-elle, je vous aime mieux que le sel. »

Le roi fut déçu et excessivement vexé de voir que l'amour de sa fille préférée n'était qu'un grain de sel ! Qu'avait-il à faire d'un si minuscule amour ?

Comme les aînées, qui étaient depuis longtemps jalouses de leur sœur, pouffaient et se moquaient, il entra dans une violente colère.

« Mademoiselle ma fille, hurla-t-il, je vous trouve tout à fait indigne de vivre auprès de moi ! »

Et il ordonna à un de ses fidèles serviteurs de l'emmener dans la forêt pour l'y abandonner. La jeune fille était au comble de la douleur car elle aimait effectivement son père. Elle regrettait de n'avoir pas su le lui dire aussi bien que ses sœurs qui, elle le savait bien, n'aimaient pourtant que les richesses de ce bas monde...

L'homme guida donc la princesse dans la forêt, mais, arrivé au plus profond du couvert des grands arbres, il lui dit :

« Princesse, j'ai ordre de vous abandonner ici. Mais si je peux vous rendre encore un service, je vous jure que Sa Majesté n'en saura rien. »

La demoiselle remercia du fond du cœur : elle avait besoin de peaux de souris pour s'en faire une robe, afin que personne ne puisse la reconnaître. Le serviteur tint parole et lui apporta le lendemain des peaux de souris, en quantité. La princesse avait trouvé un arbre dont le tronc, creux, l'abrita le temps qu'elle réalise ses travaux de couture.

Au bout de quelques jours, le vêtement était prêt : une longue chasuble grise qu'elle mit par-dessus sa belle robe, avec une capuche qui cachait ses cheveux. Alors, elle partit et marcha pendant des jours, se nourrissant de baies qu'elle trouvait dans les sous-bois.

Enfin, elle arriva devant un palais plus beau encore que celui du roi, son père. Elle y demanda du travail, on lui proposa d'aider à la cuisine et elle accepta. Quand on lui demanda quel était son nom, elle répondit « Peau-de-Souris ». Pendant de longs mois, elle demeura à l'office, épluchant des

légumes dont, quand elle était princesse, elle ne s'était jamais demandé à quoi ils pouvaient bien ressembler, avant d'être cuits. Peu à peu, elle apprenait à préparer des plats et y trouvait même un certain plaisir...

Un jour que la grippe ravageait le royaume, elle se trouva seule à la cuisine et dut préparer seule le dîner de Sa Majesté. Le roi, un jeune homme qui n'avait été couronné que quelques mois auparavant, se régala et demanda à son chambellan qui lui avait concocté un si bon repas.

« C'est Peau-de-Souris », affirma celui-ci.

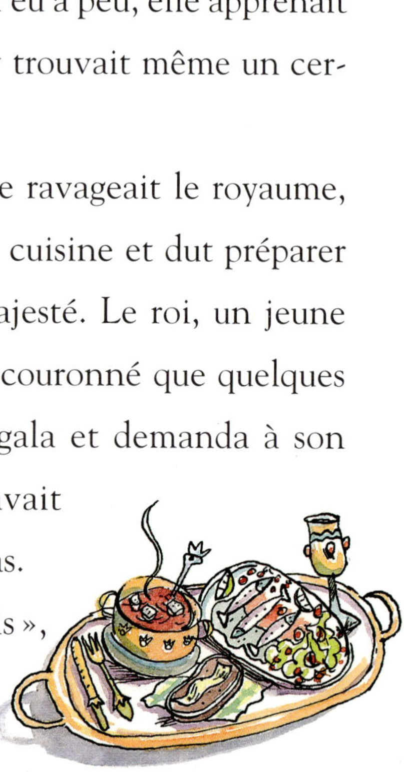

Le mot fit rire le jeune roi qui se demandait à quoi pouvait ressembler une servante qui avait une peau de souris, et donna l'ordre qu'on la lui amenât. Peau-de-Souris ne pouvait désobéir et elle vint dès qu'elle se fut lavé les mains. En la voyant, le roi ne rit plus de la même façon. Diable, il ne s'était pas imaginé que c'était la robe qui était en peau de souris !

Il demanda donc à sa servante à quoi elle ressemblait sans sa robe grise, et elle s'exécuta, en soupirant ! Elle laissa son habit glisser jusqu'à ses pieds et le souverain découvrit qu'elle portait en dessous de splendides vêtements de cour ! Elle était si belle dans ces merveilleux habits que le roi, qui n'avait jamais jeté son dévolu sur aucune des princesses que ses ministres lui présentaient, en tomba follement amoureux. Il lui demanda sa main qu'elle lui accorda bien volontiers car elle le regardait souvent, depuis la fenêtre de la cuisine où elle passait tout son temps et en était amoureuse depuis quelque temps déjà !

Elle exigea toutefois qu'il ne lui demandât

pas le nom de son père avant le soir de leur mariage.

Dès lors, dans le royaume, on fut fort affairé : on préparait les noces du roi ! Des cavaliers portaient des invitations à tous les souverains, jusqu'aux royaumes les plus lointains. Personne ne savait que, parmi eux, il y avait le futur beau-père du roi. La princesse demanda à son fiancé si elle pourrait mettre la main à la pâte, ce qui lui fut aussitôt accordé.

Le jour des noces, Peau-de-Souris portait un voile de dentelles qui retombait devant son

visage. Après une cérémonie qui mit les larmes aux yeux de tous les sujets du royaume, on passa à la grande table. Les pâtés, de paons, de cygnes étaient magnifiques avec leurs panaches de plumes. Les confits d'oie et de canard répandaient, jusqu'aux voûtes de l'immense pièce, leur divine odeur et l'assemblée avait hâte de goûter à toutes ces merveilles ! Mais dès que les convives y mordirent, ils firent d'étranges grimaces. Il y avait un vieux roi, surtout, qui à chaque bouchée semblait devenir plus triste.

On disait de lui que ses filles aînées, toutes deux mariées à de riches princes, l'avaient totalement dépossédé de ses biens, et surtout qu'il était inconsolable depuis la disparition de sa plus jeune fille… Alors, la jeune reine vint près de lui et s'inquiéta de savoir ce qui le dérangeait dans ce festin.

« C'est, madame, que vos gens ont oublié de saler tous ces beaux plats. »

Alors, elle enleva son voile et répondit :

« Père, lorsque je vous ai dit que je vous aimais plus que le sel, vous vous êtes fâché et m'avez chassée de votre royaume. Par chance, j'ai trouvé refuge dans ce château-ci. Comprenez-vous mieux, aujourd'hui, ce que je voulais dire ? »

Le roi reconnaissant sa fille eut honte de son erreur et de sa méchanceté. Cependant, il ne pouvait s'empêcher de se sentir bien plus heureux que jamais il ne l'avait été. Sa joie fut complète lorsque son nouveau gendre lui proposa de demeurer toujours avec eux. Il vécut dès lors entre sa fille, le roi son mari, et les petits princes et princesses qui naquirent bientôt.

Le soir, à la veillée, il faisait sauter ses petits-enfants sur ses genoux et leur répétait cette phrase :

« Mes enfants, vous êtes le sel de la terre ! »

Table des matières

Les sources

Le mariage d'Anna
Le Cluricaune et les autres lutins sont présentés par Pierre Dubois dans *La Grande Encyclopédie des lutins*, Hoëbeke, 1996.

Un festin de dragon
Sylvie Chausse.

Fleur d'oranger et le prince
Sylvie Chausse.

Jack et le haricot magique
Sylvie Chausse,
d'après un conte traditionnel anglais.

Le pauvre Jean
Sylvie Chausse.

Diable de noix !
Sylvie Chausse
La croyance du « diable dans la noix » est attestée par Claude Seignolles dans *Les Evangiles du diable*, (Premier Brasier, CXCIII), Robert Laffont, 1998.

Baba Yaga
Sylvie Chausse,
d'après différents contes russes
(dont : Afanassiev, *Vassilissa la très belle*).

Le sel de la Terre
Sylvie Chausse, d'après les frères Grimm
(*La Princesse Peau-de-Souris*)
Folio 840, 1996.